冷酷犯

新宿署特別強行犯係

『新宿署密命捜査班 謀殺回廊』改題

南 英男

祥伝社文庫

目次

第一章　偽装心中の疑い

1

グラスの割れる音が響いた。

斜め後ろから聞こえた。誰かが床《フロア》にグラスを叩きつけたらしい。

銀座二丁目のフォト・ギャラリーである。九月上旬のある夜だ。写真個展のオープニング・パーティーが開始された直後だった。

一瞬、会場がざわついた。だが、すぐに静まり返った。

刈谷亮平《かりやりようへい》は振り返った。

数メートル後方に、五十代半《なか》ばの男が立っていた。中肉中背だ。これといった特徴はない。男の足許《あしもと》には、砕《くだ》けたビアグラスの破片が散乱している。

「手許が狂ったのかな」

刈谷は、男に声をかけた。

返事はなかった。怒った顔つきの五十代半ばの男は、無言でテーブルの上のビール壜《びん》を手で薙《な》ぎ払った。オードブルもフロアに落ち、耳障《みみざわ》りな音をたてた。

「おい、なんの真似《まね》なんだっ」

刈谷は相手を咎《とが》めた。

男は薄笑いを浮かべたきりだった。刈谷は相手に詰め寄った。

「あんた、何を考えてるんだ？」

「諏訪茜《すわあかね》の写真の個展だと？　笑わせるな。カタログ写真で細々と喰《く》ってたくせに、個展を開くなんて百年早いんだよ」

男が喚《わめ》き、長いテーブルを回り込んだ。

壁面には、刈谷の恋人が二カ月前にシリア難民を撮影したパネル写真が掲《かか》げられている。十六点だった。

「沢井《さわい》さん、お帰りくださいっ」

茜が会場の奥で、硬い声を発した。五十代半ばの男は挑《いど》むような眼差《まなざ》しを茜に向けると、上着の右ポケットからカラースプレー缶を摑《つか》み出した。

「何をする気なんだ⁉」

刈谷はテーブルの向こう側まで走った。居合わせた三十数人の招待客は怯《おび》え、一斉に壁際に退避《たいひ》した。

「誰なんだよ、おたくは？」

「諏訪さんと親しくしてる者だ」

「茜には彼氏がいたのか。だから、こっちに恥をかかせたんだな」

「恥をかかせた？」

「わたしは諏訪茜がもっと大人の対応をしてくれたら、大きな仕事をさせてやるつもりだったんだ。それなのに、わたしの誘いを拒《こば》んだんだよ。まだ半人前の写真家のくせに、生意気すぎる。わたしは重役のひとりなんだ」

「帰ってもらおうか」

「じきに引き揚げてやるよ。その前に……」

沢井と呼ばれた男がスプレー缶を握って、パネル写真に接近する。展示写真を汚す気なのだろう。

刈谷は前に跳《と》んだ。沢井の首に手刀《しゅとう》打ちを見舞う。

沢井が呻《うめ》いた。よろけて、横倒しに転がる。カラースプレー缶を握ったままだった。

刈谷は、沢井の右手首を強く踏みつけた。

沢井が唸《うな》って、痛みを訴えた。スプレー缶がフロアに零《こぼ》れ落ちる。刈谷は、すかさず缶を遠くに蹴《け》りつけた。

「亮平さん、ありがとう。まさかこんなことになるとは思ってなかったわ。カタログ写真の仕事はきっぱり断ったんで、沢井進《すすむ》の会社とは縁が切れてたんだけど……」

駆け寄ってきた茜は、迷惑顔だった。怒りの色も濃い。彼女は三十一歳で、フリーの写真家だ。商品写真の仕事をこなしながら、個展用のテーマ写真を地道に撮《と》り溜《た》めていた。

出会ったのは一年二カ月前だった。

その日、刈谷は時間潰《つぶ》しにこのフォト・ギャラリーに立ち寄った。たまたま茜の個展が催されていた。

刈谷は、展示されている写真に衝撃を受けた。

被写体は、ソマリアの難民キャンプで暮らす母子《おやこ》ばかりだった。写された人たちは哀《かな》しげな表情だったが、不思議に瞳は澄んでいた。決して虚《うつ》ろではなかった。人間の勁《つよ》さがパネル写真から伝わってきた。

展示写真に見入っていると、茜が話しかけてきた。

刈谷は、問われて感想を述べた。茜は嬉《うれ》しげな顔になったが、すぐに表情を引き締めた。民族紛争や内戦の悲惨さを語る彼女は、さりげなく人間の愚かさや業《ごう》に触《ふ》れた。刈谷は、少しもヒューマニストぶらない茜を好ましく感じた。整った容姿にも魅《み》せられた。その半月後、二人は偶然にも同じ地下鉄車輛に乗り合わせた。

そのとき、刈谷は思い切ってデートに誘った。茜のことをもっと深く知りたくなったからだ。茜も刈谷に興味を懐《いだ》いたらしく、快く連絡先を教えてくれた。

二人はデートを重ね、数カ月後に深い仲になった。

茜の実家は神奈川県藤沢《ふじさわ》市内にあるが、彼女は中目黒《なかめぐろ》の賃貸マンションで暮らしている。刈谷は、杉並区下高井戸《しもたかいど》の自宅マンションのスペアキーを九カ月あまり前に茜に預けた。それ以来、彼女は週に一、二度、刈谷の自宅に泊まるようになった。

「わたしの写真にカラースプレーの噴霧《ふんむ》を噴きつけようとしたのねっ」

茜が沢井を詰《なじ》った。

「そうだよ。わたしの誘いを断った女流写真家は、過去にひとりもいなかった。わたしと関係を持てば、大きな仕事を得られるからな。どんな女も、進んで股を開いたよ」

「あんたは女の敵だわ。軽蔑するわ、わたしは」

「言ってくれるじゃないか。半人前の写真家に拒まれたんで、こっちのプライドはズタズタだよ」

「いい加減にしろ」

刈谷は沢井を乱暴に摑《つか》み起こし、個展会場の外に連れ出した。

周《まわ》りには人の姿はなかった。刈谷は、沢井の胃袋《ストマック》に強烈なパンチを叩き込んだ。沢井が腹を抱えながら、その場にうずくまる。

「手荒なことをすると、一一〇番するぞ」

「その必要はない。おれは警察官なんだ」

「う、嘘だろ⁉ お巡りが先に手を出すなんて考えられない」

「おれは不良刑事《デカ》なんでね」

刈谷は言い返した。沢井が呆《あき》れ顔になる。

三十七歳の刈谷は新宿署に勤務している。目黒区平町《たいらまち》で生まれ育った彼は都内の私立大学を卒業した春、警視庁採用の一般《ノンキャリア》警察官になった。

子供のころから正義感は強かったが、青臭い使命感に衝《つ》き動かされて職業を選んだわけではなかった。単に平凡なサラリーマンにはなりたくなかっただけだ。

刈谷は一年間の交番勤務を経《へ》て、大崎《おおさき》署刑事課強行犯《きょうこうはん》係に転属になった。

強行犯係は、殺人、強盗といった凶悪犯罪の捜査を受け持っている。激務だが、自分の性《しょう》には適《あ》っていた。刈谷は数々の手柄を立て、その後は数年ごとに所轄署刑事課を渡り歩いてきた。

不祥事を起こしたのは、およそ三年五カ月前だった。

その当時、刈谷は池袋《いけぶくろ》署刑事課にいた。捜査本部事件で桜田門《さくらだもん》の本庁から出張《でば》ってきた若い管理官が池袋署の刑事たちを見下したことに義憤を覚え、つい殴り倒してしまったのだ。

その管理官は警察官僚《キャリア》のひとりだった。

およそ二十九万七千人の巨大組織を支配しているのは、六百数十人のキャリアである。刈谷はエリート官僚を怒らせるようなことをした。何か仕返しをされることは予想していた。

あろうことか、刈谷は次の人事異動で新宿署少年係に回された。強行犯係一筋だった刑事には、屈辱的な異動である。露骨な厭《いや》がらせだった。

当然ながら、刈谷は士気《しき》を殺《そ》がれた。職務にはいそしめなかった。

刈谷は悩み抜いて、二年後に依願退職する決意をした。辞表を書きかけていると、署長の本多弘一《ほんだこういち》警視正に呼ばれた。一年五カ月前のことである。

現在、五十二歳の本多署長は東大出の有資格者《キャリア》だ。しかし、上昇志向はなかった。気骨があり、いかなる場合も是々非々主義を貫《つらぬ》く。真のエリートと言えるだろう。

刈谷は、本多署長から意想外のことを打ち明けられた。

なんと署内に非公式の特別強行犯係『潜行捜査隊』を新たに設けるという。隊長は、準キャリアの新津賢太郎《にいつけんたろう》警視が担《にな》うことになっているらしい。署長直轄の特殊チームの主任に刈谷を抜擢《ばってき》するという内示だった。

刈谷は二つ返事で快諾《かいだく》した。凶悪犯捜査に携《たずさ》われることを素直に喜んだ。内示を受け入れると、本多署長は笑顔で三人の部下の人選は済んでいると告げた。

男ひとり、女二人だった。それぞれ個性は強いが、優秀な刑事ばかりだという話だった。

そんな経緯があって、刈谷は『潜行捜査隊』の主任に就《つ》いた。新津隊長が率《ひき》いるチームはこれまでに六件の凶悪事件を初動でスピード解決させ、さらに八件の捜査本部事件の真犯人を突きとめた。

だが、『潜行捜査隊』が手柄を立てたことにはなっていない。

チームの五人は、表向き捜査資料室のスタッフということになっていた。警視総監賞や署長賞とは無縁だったが、不満を口にするメンバーはいなかった。

『潜行捜査隊』は、署の刑事課、組織犯罪対策課、生活安全課担当の事案《じあん》の支援捜査に駆り出されている。守備範囲は広かった。捜査活動に変化があって、退屈することはない。

俸給以外に特別手当が支給されるわけではなかったが、捜査費はふんだんに遣《つか》える。領収証は必要なかった。

拳銃の常時携行も特別に許可されていた。少々の反則技は黙殺されている。

食《は》み出し者で構成された秘密刑事集団は、実に居心地がよかった。刈谷は、チームが長く存続することを願っている。

「わたしをどうするつもりなんだ？」

沢井が問いかけてきた。

「茜に厭がらせをしないと約束するんなら、大目に見てやろう。どうだ？」

「約束するよ」

「なら、失《う》せろ」

刈谷は一歩退《さ》がった。

沢井が立ち上がり、そのまま歩み去った。刈谷は個展会場に戻った。茜が足早に歩み寄ってきた。

「沢井という奴は追っ払ったよ。もう茜の身辺をうろつくことはないだろう。刑事であることを明かしたんだ」

「それなら、もう安心ね」

「せっかくのオープニング・パーティーなのに、ケチがついちゃったな。招待客は、まだ怖がってるのか?」

「ううん、もう大丈夫よ」

「それはよかった。写真の評判はどうだい?」

刈谷は訊《き》いた。

「悪くないみたい。シリアの政府軍兵士たちに追い回されながら、キャンプで撮影しつづけた甲斐《かい》があったわ。あるフォト・エージェンシーから仕事のオファーがあったの」

「そいつはおめでとう! オープニング・パーティーが終わったら、二人で祝杯を上げよう」

「ええ。ちょっと挨拶に回ってくるわ」

茜が会場内を泳ぎはじめた。

刈谷はビアグラスを片手に、改めて展示写真を一点ずつ眺めた。十歳前後の難民たちの衣服は汚れてみすぼらしかったが、一様《いちよう》に逞《たくま》しさを秘めていた。

淋《さび》しさは隠しようがなかったが、絶望感や虚無感はうかがえなかった。それが救いだった。

アサド政権の暴挙は止められないものなのか。

刈谷は遣《や》り切れなさを感じながら、ビールを飲み干した。

オープニング・パーティーが閉じられたのは、九時数分過ぎだった。茜がフォト・ギャラリーのスタッフらと一緒に後片づけに取りかかった。

刈谷は外に出て、近くの老舗《しにせ》バーで茜を待つことにした。カウンターの端に落ち着き、スコッチ・ウイスキーの水割りを傾ける。

寛《くつろ》げる酒場だった。ＢＧＭは、ビル・エヴァンスのナンバーだ。都会的なジャズピアノが心地よい。客は中高年の男性が目立つ。大人向きのバーだろう。

二杯目のグラスが空《から》になったとき、待ち人が現われた。

茜はスツールに腰かけると、銀髪のバーテンダーにラム・コリンズをオーダーした。ラムをベースにしたカクテルで、中口《ちゅうくち》だ。アルコール度数は十一、二度だろう。

「今回のテーマは別に目新しくはないんだけど、飢えた子供たちが大勢いるという現実を少しでも多くの人々に知ってほしかったの」

「で、写真展を開く気になったわけか」

「そうなの。テーマがありきたりすぎたかしら？」

「いや。普遍的なテーマは訴求力があると思うよ。やったことは有意義だったはずさ」

刈谷は言って、セブンスターをくわえた。

三口《みくち》ほど喫《す》いつけたとき、茜の前にカクテルが置かれた。グラスを軽く触れ合わせる。緊張感がほぐれたからか、茜はいつもよりピッチが速《はや》かった。ほろ酔いになると、彼女は妙に色っぽくなる。

「いつものパターンをたまには外すか？」

刈谷は言った。できるだけ早く茜と睦《むつ》み合いたくなったのである。

「え？」

「今夜は、この近くのホテルに泊まろう。ＯＬじゃないんだから、着替えを用意してなくても別に問題はないだろ？」

「いいわよ、別に」

茜が艶然《えんぜん》とほほえみ、刈谷の太腿《ふともも》に軽く手を当てた。刈谷は目で笑い返した。

二人は十一時前にバーを出て、東銀座のシティホテルまで歩いた。チェックインして、十二階のツインルームに入る。

しばし幻想的な夜景を眺め、茜が先にバスルームに向かった。刈谷は紫煙をゆったりとくゆらせた。

二十分ほど過ぎると、白いバスローブ姿の恋人が浴室から出てきた。入れ代わりに、刈谷はバスルームに足を向けた。

ボディーソープの泡を全身に塗りたくり、熱めのシャワーを浴びる。刈谷はバスタオルでざっと体を拭《ぬぐ》ってから、茶色いローブを素肌に羽織《はお》った。

浴室を出ると、メインライトの光量は絞られていた。仄暗《ほのぐら》いが、歩行に支障はない。茜は窓側のベッドに横たわっていた。仰向《あおむ》けだった。

刈谷は体の火照《ほて》りが収《おさ》まってから、優しくブランケットを剝《は》いだ。

茜は一糸もまとっていなかった。熟《う》れた裸身が眩《まばゆ》い。砲弾型の乳房は横たわっていても、ほとんど形が崩れていない。ウエストのくびれが深いせいか、腰が張って見える。

ぷっくりとした恥丘を飾る和毛《にこげ》は、ほどよい量だった。むっちりした白い腿が煽情的《せんじょうてき》だった。欲情をそそられる。

刈谷の下腹部は熱を孕《はら》んだ。バスローブを脱ぎ捨て、静かに茜と胸を重ねる。弾力性に富んだ乳房はラバーボールのように弾んだ。

二人は唇をついばみ合ってから、熱く舌を絡《から》めた。ひとしきりディープキスを交わすと、刈谷は茜の項《うなじ》や喉許《のどもと》に口唇を滑走させはじめた。舌の先で、柔肌もくすぐった。

やがて、痼《しこ》った乳首を口に含んだ。吸いつけ、舐《な》め回し、打ち震わせる。茜は顎先《あごさき》を浮かせ、なまめかしく喘《あえ》ぎはじめた。

喘ぎは、じきに淫《みだ》らな呻き声に変わった。妖《あや》しさが増す。

刈谷は唇を這《は》わせながら、手指で白い肌を慈《いつく》しみはじめた。肌理《きめ》が濃《こま》やかで、鞣《なめし》革を撫《な》で回しているような手触りだ。

柔らかな飾り毛を幾度も梳《す》き、地肌に撫でつける。

だが、秘めやかな場所には意図的《いとてき》に指を進めなかった。いつもの焦《じ》らしのテクニックだった。下腹と内腿《うちもも》を愛撫しつづけると、茜がこころもち腰を迫《せ》り上げた。どうやら官能に火が点《つ》いたらしい。

刈谷は、合わせ目を下から指で捌《さば》いた。

指先が潤《うる》みに塗《まみ》れた。茜の体は、しとどに濡れている。刈谷は、複雑に折り重なった襞《ひだ》の奥に浅く指を潜《くぐ》らせた。

とたんに、蜜液があふれた。刈谷は秘部全体に潤みを塗り拡《ひろ》げ、包皮から零《こぼ》れた芽もぬめらせた。茜が体をくねらせる。

刈谷は指を躍《おど》らせはじめた。

三分も経《た》たないうちに、茜の体が縮まりはじめた。エクスタシーの前兆である。ほどなく茜は極《きわ》みに駆け上がった。

刈谷は恋人の脚《あし》をM字に開かせ、股の間に身を入れた。すぐに顔を埋《うず》める。

刈谷はオーラル・セックスに励みながら、内奥《ないおう》に指を沈めた。上部のGスポットをこそぐるように擦《こす》っているうちに、茜はふたたび高波に呑《の》まれた。

愉悦《ゆえつ》の声は、ジャズのスキャットに似ていた。刈谷の指に圧迫が加わってくる。軽く引いても抜けない。

刈谷は茜の胸の波動が凪《な》ぐと、本格的な口唇愛撫に熱を込めた。茜は魚のように全身をくねらせ、啜《すす》り泣くような声を撒《ま》き散らした。

二人はオーラル・セックスに耽《ふけ》り、ようやく体を繋《つな》いだ。正常位だった。四度ほど体位《ラーゲ》を変え、仕上げは正常位に戻った。

刈谷は七浅一深のリズムを保《たも》ちながら、腰に捻《ひね》りを加えることを忘れなかった。茜は控え目ながらも、迎え腰を使った。それほど快感に包まれていたのだろう。

やがて、二人はほぼ同時にゴールインした。

ふだんよりも、はるかに射精感は鋭かった。何秒か脳天が霞《かす》み、全身が甘やかに痺《しび》れた。刈谷は余韻《よいん》を汲《く》み取ってから、結合を解《と》いた。どちらも仰向けになって、呼吸を整えた。

先にバスルームに向かったのは茜だった。

刈谷は横向きになって、セブンスターに火を点けた。情事の後の一服は、いつも格別にうまい。

煙草を喫《す》い終えて間もなく、ナイトテーブルの上で刑事用携帯電話《ポリスモード》が着信音を刻んだ。

刈谷は上体を起こし、刑事用携帯電話を手に取った。発信者は隊長の新津警視だった。

密命捜査の出動指令にちがいない。なぜだか情事の直後に指令を受けることが多かった。刈谷はにやつきながら、通話キーを押した。

「こんな時刻に悪いね。もう寝《やす》んでたのかな」

「いいえ、本を読んでました」

「そうか。およそ一カ月前、新宿西口の高層ホテルの一室で関東《かんとう》テレビの報道部記者とロシア人ホステスが一緒に死んでた事件《ヤマ》は憶《おぼ》えてるね」

「ええ。新宿署《うち》に捜査本部《チョウバ》が立って、そろそろ第一期捜査が終わるころでしょ？」

「そう。明日で第一期捜査が終わるんだが、本庁捜一《そういち》から出張《でば》ってきた殺人犯捜査五係と所轄の合同捜査では容疑者の特定はできなかった」

「ええ、そうみたいですね」

「そんなわけで、本多署長は『潜行捜査隊』を動かす気になったんだ。かつて第一期の捜査は三週間と相場が決まってたんだが、その後は一カ月に延長されるようになった」

「そうですね」

「ほぼ一カ月を費《つい》やしても、重参（重要参考人）の目星もつけられなかった。明後日《あさって》から本庁の八係の十四人が追加投入されることになったが、それでも署長は安心できなかったんだろう。それで、二期目に入ると同時にうちのチームを使う気になったのさ」

「そうですか」

「刈谷君、三人の部下に呼集《こしゅう》をかけて明朝九時半までに署に来てくれないか」

新津隊長が言った。警察関係者は召集を呼集と言い換えている。

「了解しました」

「初動及び第一期の捜査資料を揃《そろ》えておくよ。もちろん、鑑識写真もね」

「よろしくお願いします。では、明日……」

刈谷は通話を切り上げた。

2

歩きにくい。

ビル風《かぜ》がスラックスの裾《すそ》をはためかせる。西新宿六丁目だ。午前九時十分を回っている。

刈谷は足を速《はや》めた。

青梅《おうめ》街道沿いを歩いていた。百数十メートル先に、所属している新宿署がある。地上十三階、地下四階の高層ビルだ。警視庁管内には百二の所轄署があるが、最も署員数が多い。およそ六百五十人の署員がいる。常駐している警視庁第二機動隊と自動車警邏《けいら》隊《たい》の三百数十人を加えると、ほぼ千人の大所帯だ。

刈谷は早朝、三人の部下に呼集をかけていた。恋人の茜が目覚める前にホテルのエレベーターホールで、部下たちに電話をかけたのだ。

最初に連絡したのは、西浦律子《にしうらりつこ》警部補だった。

四十一歳の律子はシングルマザーだ。妻子持ちの新聞記者と大恋愛をして、こっそり娘を産んだのである。沙也佳《さやか》という名の娘は高校一年生だ。母と娘は、世田谷区南烏山《みなみからすやま》にある賃貸マンションで暮らしている。

律子は所轄署の生活安全課を渡り歩いてきた。姐御肌《あねごはだ》で、年下の男女に慕《した》われている。ふだんは中性っぽく振る舞っているが、たまに女っぽさを覗《のぞ》かせる。そのギャップが新鮮だった。

二番目に電話をかけたのは堀芳樹《ほりよしき》巡査部長だ。

三十三歳で、独身である。堀はチームに入るまで、新宿署組織犯罪対策課に属していた。要するに、元暴力団係《マルボウ》刑事だ。

った。

堀刑事は強面《こわもて》で、組員に間違われることが多い。

風体《ふうてい》は、やくざそのものだ。だが、彼は無法者たちを嫌ってきた。憎んでもいるようだった。

裏社会で暗躍している筋者《すじもの》たちを疎《うと》むには理由《わけ》があった。堀が大学生のころに親しくしていた女友達が若いやくざたちに輪姦された上、覚醒剤中毒にさせられてしまった。その女性は人生に絶望し、自《みずか》ら命を絶った。

そうしたことがあって、堀は警察官になったわけだ。本人の希望が通り、彼は暴力団係として組員たちの犯罪を取り締まってきた。一般市民には穏《おだ》やかに接している。

最後に連絡をした入江奈穂《いりえなほ》巡査長は、男たちを振り向かせるような美女だ。二十七歳だが、まだ若々しい。プロポーションも申し分なかった。

奈穂は大学生のころにモデルのアルバイトをしていただけあって、ファッションセンスも光っている。ことに配色の組み合わせが上手だった。

奈穂は四年数カ月前まで高輪《たかなわ》署の鑑識係だったのだが、刑事を志願して新宿署の盗犯係になった。美人刑事は現場捜査好きで、鑑識に関する知識が豊かだった。本多署長にそのことが評価され、『潜行捜査隊』のメンバーに選ばれたようだ。

ほどなく刈谷は職場に着いた。

エレベーターで十階に上がる。チームの秘密刑事部屋は、捜査資料室の奥にある。捜査資料室はエレベーターホールから最も離れた場所にあった。

刈谷は捜査資料室に入った。

出入口のそばに八台のスチール棚が並び、各課担当の事件関係調書が詰まっている。捜査資料室を訪れる署員は、あまり多くなかった。利用者は、月にせいぜい四、五人だ。そんなときは、チームの誰かがもっともらしく対応している。

資料室とはドア付きのパーティションで仕切られ、広さは約三十畳だった。

刑事部屋には五卓のスチールデスクが窓側に据《す》えられ、中央のあたりに八人掛けのソファセットが置かれている。

壁際には、銃器保管庫、手錠や特殊警棒などを収めたロッカーなどが連《つら》なっていた。トイレと給湯室は、秘密刑事部屋の斜め後方にあった。

刈谷は刑事部屋のドアを開けた。

堀と入江奈穂がソファに腰かけ、何か話し込んでいた。シングルマザー刑事と新津隊長の姿は見当たらない。

「主任、おはようございます」

奈穂がソファから立ち上がった。

「おっと、ここは女優の控室だったか」

「ヨイショしても、お茶しか出ませんよ。どちらがいいですか？」

「入江、目的語が抜けてるぞ。日本語は正しく使えよ」

「今朝《けさ》は、なんか機嫌が悪いですね。女流写真家と喧嘩でもしちゃいました？」

「いや、昨夜《ゆうべ》、熱く燃えたんで、少し疲れてるだけだよ。こういう冗談もセクハラになっちまうのかな」

刈谷は奈穂に言って、堀の前のソファに腰を沈めた。

「主任、緑茶をお飲みになりますか？　それとも、コーヒーがよろしいでしょうか」

「一応、日本語になってるな。せっかくだが、いまは何も飲みたくない。入江も坐《すわ》れよ」

「はい」

奈穂が堀のかたわらに腰かけた。堀が喫《す》いさしのラークの火を揉《も》み消す。

「第二期から本庁の八係が追加投入されるって話でしたよね？　本多署長、もっと早く『潜行捜査隊』に出動命令を下《くだ》してれば、第一期捜査で犯人《ホシ》を突きとめられたかもしれないのに」

「堀、大変な自信じゃないか」

「違うんすよ。自分はたいしたことないっすけど、主任は敏腕っすから。早期解決は可能だったと思ったんすよ」

「おれは、そんな名刑事じゃないよ。優《すぐ》れた三人の部下と署長直属の日垣徹《ひがきとおる》警部のサポートがあったから、これまで運よく真犯人《ホンボシ》を割り出せただけさ」

「謙虚っすね。けど、第一期捜査で本部事件を落着させてれば、それだけ新宿署《うち》としては年間予算の浪費を避けられるわけでしょ？」

「それはその通りだが、署長には何かお考えがあったんだろう」

刈谷は言って、煙草に火を点けた。

都内で殺人事件など凶悪犯罪が発生すると、所轄署刑事課と本庁機動捜査隊が一両日、捜査に当たる。いわゆる初動捜査だ。わずかの間に加害者を割り出せるケースは多くない。

各所轄署の署長は本庁捜査一課に協力を要請する。そうして所轄署に捜査本部が設置され、本庁殺人捜査犯係員たちと地元署刑事が合同で犯人捜しを開始することになる。

本部事件の捜査費は、すべて所轄署が負担する。所帯の小さな所轄署は管内で何件も殺人事件が起こったら、たちまち年間予算は吹っ飛んでしまう。そんなわけで、どの警察署も早期解決を望んでいる。

「本部事件は、無理心中に見せかけた他殺だったんですよね？」

　奈穂が刈谷に顔を向けてきた。

「マスコミ報道で、それは間違いないだろう。八月五日の深夜、京陽《けいよう》エクセレントホテルの一三〇一号室で死んでたテレビ記者とロシア人ホステスには、まるで接点がなかったようだからな」

「これまでの報道によると、エレーナ・ルツコイという二十六歳のロシア人ホステスは全裸で、乳房やヒップを二十数カ所も西洋剃刀《かみそり》で傷つけられ、止《と》めに喉《のど》を掻《か》き切られてたんですよね？」

「そう報じられてたな。関東テレビ報道部特集班の井出健人《いでけんと》という記者は自分の頸動脈《けいどうみゃく》を切断して絶命してたように見受けられた。握ってた血みどろの西洋剃刀の柄には、井出の指掌紋《しじょうもん》が付着してた。そんなことで、臨場した捜査員たちは井出記者による無理心中と判断してしまった」

「井出の自宅マンションからブラジルやタイで発行された死体写真誌が大量に発見されたことで、その疑いが強まったんでしょう」

「そうなんだろう。しかし、検視官が二人の死者は麻酔液のエーテルを嗅《か》がされてることを知り、遺体は司法解剖に回された。そして、どちらも殺害されたことがはっきりしたわけだ」

「ええ、そうですね。捜査本部はエレーナと井出記者に間接的な繋《つな》がりがあると睨《にら》んで、聞き込みを重ねたんでしょう」

「そうなんだと思う。だが、被害者の二人には間接的な結びつきもなかったようなんだ。それで、捜査が難航してたんだろうな」

「報道によると、事件当日、井出健人になりすました三十代と思われる男が部屋を予約して、一泊分の保証金をフロントに預けたようっすけどね。主任、そうだったでしょ？」

堀が刈谷に確かめた。

「テレビや新聞では、そう報じられてたな。しかし、井出記者に化けた男の正体はまだ摑めてないはずだ」

「そうみたいっすね。そいつは、三十三歳の報道部記者とロシア人ホステスの両方に何か恨《うら》みがあったんじゃないっすか？　で、井出記者がエレーナ・ルツコイを道連れにして無理心中を遂げたように細工したみたいっすね。麻酔液のエーテルはネットの裏サイトを覗きまくって、手に入れたんでしょうか」

「堀さんの筋の読み方が正しいとしたら、ツインの部屋を予約した謎の男は被害者の男女をどんな手で事件現場の部屋に誘い込んだのかしら？」

奈穂が強面刑事に問いかけた。

「犯人《ホシ》は井出とエレーナの二人をホテルの外で麻酔液で眠らせ、ルームサービス係を装って別々に被害者《マルガイ》たちを部屋に運び入れたんじゃないか」

「どうやってです?」

「ワゴンか台車に被害者たちを乗っけて、布をすっぽりと覆い被《かぶ》せてたんだろうな。それとも、予《あらかじ》め別の部屋をリザーブして、そこに二人をうまく誘い込んで、エーテルを含ませたタオルを口許に押しつけたのかもしれない。おれは、そのどっちかだと思うよ」

「そうなのかな。捜査本部のメンバーは、事件当日の防犯カメラの映像をすべて分析してるはずですよ。そうした不審な行動をとった人物がいたら、すぐ怪しむでしょ?」

「犯人は完璧《かんぺき》にホテル従業員に化けてたんじゃないのかな」

「それは不可能でしょ?　ホテルで働いてる人たちに録画映像を観《み》てもらえば、本物の従業員かどうかわかるんじゃない?」

「入江の言う通りだな。あっ、そうか!」

堀が膝《ひざ》を打った。

「何か思い当たったのね?」

「そう!　犯人《ホシ》はさ、ホテルに出入りしてる電気関係、空調、メンテナンス業者のいずれかを装って、事件のあった部屋に意識を失った被害者《マルガイ》たちを台車かカートに乗せて運び入れたんだと思うよ。で、井出がエレーナを道連れにして無理心中をしたように偽装工作して……」

「そうなのかな」

「高層ホテルに非常用の外階段があったとしても使用することは無理だろうから、おれの推測はビンゴだと思うよ」

「主任はどう思います？」

「入江、おれたちはまだ捜査資料にも目を通してないんだ。予断は禁物だな」

刈谷は奈穂に言って、短くなったセブンスターの火を灰皿の底で揉み消した。

そのとき、西浦律子が秘密刑事部屋に入ってきた。

「おっ、セーフね。刈谷ちゃん、まだ新津隊長は来てないんでしょ？」

「ええ」

刈谷は年上の部下には、基本的には敬語を遣《つか》っている。相手の職階が下でも、そうしていた。

「よかった。娘の夕食を作ってたんで、自宅を出る時間が遅くなっちゃったのよ。沙也佳は自分で冷凍ピラフを炒《いた》めると言ってたんだけどさ、一応、わたしは母親じゃない？　だから、簡単な家庭料理をこしらえてやったのよ」

「いいお母さんですね」

「駄目よ、わたしなんか。酒は飲むし、煙草はスパスパだもん。子育ても、及第点には達してないな。でも、仕方ないよね。女手ひとつで娘を育ててきたんだから、少々の手抜きには目をつぶってもらわなくちゃ、やってられないわよ」

律子が豪快に笑って、刈谷の横のソファに腰かけた。

そのすぐ後、新津隊長がアジトに姿を見せた。青い四冊のファイルを小脇に抱えていた。

四十三歳の新津は、学者を想《おも》わせる理知的な顔立ちだ。準キャリアでありながら、国家公務員総合職（旧Ⅰ種）試験や一般職（旧Ⅱ種）試験合格者の警察官僚たちとは距離を置いている。新津警視はキャリアや準キャリアの多くが派閥争いに明け暮れていることを嘆《なげ》き、彼らが諸悪の根源とすら言い切っていた。

「みんな、待たせてしまったね」

「いいえ」

刈谷は首を振って、ソファから腰を浮かせた。三人の部下が倣《なら》う。

「署長室を出るとき、持丸勇作《もちまるゆうさく》刑事課長に見つかってしまったんだよ。それで、ファイルの中身のことをしつこく訊かれたんだ。うまくごまかしておいたが、持丸警部は『潜行捜査隊』が非公式に隠れ捜査をしてることを嗅《か》ぎ取ったのかもしれないな」

「そうなら、厄介《やっかい》なことになりますね」

「刈谷君、心配することはない。持丸課長がどんなに疑おうと、署長もわたしもチームのことを明かしたりしないよ。もちろん、本多署長の直属の日垣警部も余計なことは言わないはずだ」

新津が断定口調で言った。

四十一歳の日垣は五年数カ月前まで本庁捜査二課知能犯係の主任だったのだが、大物国会議員の収賄《しゅうわい》疑惑に警察OBが絡んでいた証拠を押さえたことで、上層部に煙《けむ》たがられるようになった。そして、二年数カ月前に新宿署に異動になったのである。

署長室付きという役職は正式なものではない。交通課次長になった日垣を本多署長が非公式にブレーンとして使っているわけだ。チームにとっては、頼りになる存在だった。

「例によって、まず捜査資料を読み込んでほしいんだ」

新津がソファセットに近づいてきて、刈谷たち四人に青いファイルを手渡した。

刈谷たちはそれぞれ自分の机に向かった。鑑識写真の束《たば》は、ファイルの間に挟み込まれている。

刈谷は、いつものように真っ先に鑑識写真の束を手に取った。二十数葉《よう》のカラー写真を順に捲《めく》っていく。いやでも血の赤さが目に飛び込んでくる。生々しくて、思わず瞼《まぶた》を閉じたくなる。むろん、刈谷は目をつぶったりしなかった。

ベッド近くに横たわったエレーナ・ルツコイは血糊《ちのり》に塗《まみ》れていた。金髪は、ほぼ血で赤い。血に染まった肌は抜けるように白かった。蜂蜜色《はちみついろ》の陰毛は、ほとんど汚れていない。

西洋剃刀で真一文字《まいちもんじ》に切り裂かれた喉は、破れ提灯《ちょうちん》を連想させる。傷口から垂れた複数の血の条《すじ》は胸の谷間で交わり、下腹部まで這《は》っていた。

片方の乳首は皮一枚で繋《つな》がっている状態だ。豊満な乳房には夥《おびただ》しい数の切り創《きず》が認められる。ヒップの双丘《そうきゅう》も切り創だらけだった。

ロシア人ホステスの死体写真を見ると、異常者による猟奇殺人と判断したくなる。しかし、犯人はそう見せかけたかっただけなのだろう。

関東テレビの井出記者は、着衣をまとっていた。紐靴《ひもぐつ》も履《は》いている。横向きに倒れた井出の右頸部《みぎけいぶ》は血みどろだ。

刈谷は写真の束を机上に置き、事件調書と解剖所見の写しに目を通した。

二人の被害者の死亡推定日時は、八月五日午後十時二十分から同十二時の間と記述されていた。検視官と解剖医の見立ては、ほぼ一致している。

死因は切り創による失血死だった。二人ともエーテルを染《し》み込ませた布を口許に押し当てられ、意識を失っていたことも明らかになった。室内の床からは、麻酔液は検出されていない。被害者たちは事件現場とは別の場所でエーテルを嗅がされたのだろう。

エレーナの着衣とランジェリーは、一三〇一号室にあった。

井出記者の所持金や腕時計は事件現場とは持ち去られていなかった。スマートフォンや取材メモも事件現場で見つかっている。犯人の遺留品《いりゅうひん》と思われる頭髪が四本採取されたが、それだけでは身許は割り出せない。

加害者の足跡は部屋のドアの手前で掻《か》き消えている。そこで、別の履物《はきもの》に替えたのだろう。靴のサイズは二十七センチだった。全国で四万足以上も販売された靴で、その線から犯人を突きとめることは不可能だろう。

初動と第一期捜査が甘かったという印象はなかった。捜査員たちは地取りと鑑取《かんど》りに力を注いだようだが、疑わしい者は捜査線上に浮かんでいない。

捜査資料には、マスコミでは報じられなかった事柄が記《しる》してあった。

エレーナ・ルッコイは歌舞伎町《かぶきちょう》にあるロシアン・クラブ『ハバロフスク』の人気ホステスだったのだが、大手商社『五菱物産《いつびし》』の織部学常務《おりべまなぶ》、五十七歳の愛人でもあった。

その織部は事件当夜、商用で二人の部下を伴《ともな》ってカナダのバンクーバーに出張している。エレーナのパトロンのアリバイは立証されていた。

織部常務が実行犯でないことは明白だ。ただし、第三者にエレーナを葬《ほうむ》らせた疑いはゼロではない。しかし、これまでの捜査では織部と関東テレビの井出記者はまるで接点がないと明記されていた。大手商社の常務は本部事件には関与してなさそうだ。

井出記者は、関東一心会《いっしん》室岡《むろおか》組の下っ端組員たちが生活保護費を不正に受給していることを取材したことがあるらしい。室岡組の組事務所は、『ハバロフスク』と同じ歌舞伎町二丁目にある。

刈谷は、その共通点が気になった。

被害者の二人は一面識もなかったが、どちらも何らかの形で室岡組と結びついていたのではないか。そうだとしたら、室岡組がエレーナと井出健人を始末したのかもしれない。

「捜査本部《チヨウバ》の調べに手落ちがあったと極《き》めつけることはできないが、被害者たち周辺の人間をチームで洗い直してみてくれないか」

新津隊長がソファから立ち上がり、刈谷の席に近づいてきた。

「そうしたほうがいいと思います。間もなく第一期捜査が終わろうとしてるのに、容疑者の絞り込みもできてません」

「そうだね。不審者の目撃証言も得られてないし、エレーナと井出記者の周辺から有力な手がかりも摑めなかった。聞き込みが甘かったんだろう」

「そうなのかもしれません」

「チームでとことん洗い直してみてくれないか」

「わかりました」

「作戦は、きみに任せるよ」

「はい」

刈谷は上着のポケットから、煙草と使い捨てライターを摑み出した。

3

防犯カメラの映像が再生されはじめた。

京陽エクセレントホテルのモニタールームである。刈谷はモニターを凝視した。横の椅子に浅く腰かけた入江奈穂も目を凝《こ》らす。

フロントの近くに設置された防犯カメラの録画映像が流れていく。去る八月五日に収録されたものだ。

午前中は、チェックアウトする宿泊客の姿しか映し出されていなかった。

「チェックインする客の映像を観《み》せていただければ、それで結構です」

刈谷は、モニターの脇に立ったフロントマンに声をかけた。明石《あかし》という姓で、三十代の前半に見える。

明石がうなずき、映像を早送りした。チェックイン・タイムは午後四時らしい。やがて、フロントでカードキーを受け取る泊まり客たちの姿がモニターに映りはじめた。

刈谷たちコンビは本庁殺人犯五係の刑事の振りをして、ホテル側に協力を求めたのだ。

西浦律子と堀は関東テレビに出向き、殺害された井出記者の上司や同僚に会うことになっていた。律子たち二人は、新宿署刑事課のメンバーに化けることになっていた。

すでに初動と第一期捜査で鑑取《かんど》りは終わっている。しかし、捜査が捗《はかど》らないときはよく再聞き込みが行なわれる。ホテル側やテレビ局に怪しまれることはないだろう。

「電話で前日に予約された自称井出健人さまがフロントにお越しになったのは、八月五日の午後六時数分前でした」

フロントマンの明石が刈谷に小さな声で告げた。

「そのとき、あなたが応対したんですね？」

「はい」

「テレビ局の報道記者の名を騙《かた》った男は三十代の前半だったと同僚から教えられてますが、落ち着いた様子でした？」

「ええ、そう見えました。ホテルに泊まり馴《な》れている様子で、少しも物怖《ものお》じはしてませんでしたね」

「そうですか。その男はカードキーを受け取ると、すぐエレベーターホールに足を向けたのかな？」

「いいえ。ロビー横にあるティールームに入られました。その後のことはわかりません」

「男は、連れの女性が来るというようなことを言ってました？」

「いいえ、そういったことは口にされませんでした。おひとりで泊まられる方でも、ツインの部屋を選ばれる方が割にいらっしゃるんです。シングルルームは、少し圧迫感がありますでしょ？」

「そうだね。それに女性と密会することをわざわざホテルの従業員に教える男もいないだろうからな」

「ええ」

「井出記者の偽者と思われる男はカードキーを使って、いつでも一三〇一号室に入れるわけだ。だから、ホテルマンは不審な男がいつ部屋に入ったかわからなかったんですね？」

「そうです」

「新たな手がかりは、ないしか」

刈谷は口を結んだ。

それから一分ほど経《た》ったころ、明石が映像を静止させた。三十二、三歳の男がフロントで明石と言葉を交わしている。

「どことなく崩れた感じだわね」

奈穂が呟《つぶや》き、モニターを覗き込んだ。

「素っ堅気《かたぎ》じゃないんだろう。といって、その筋の人間にも見えないな」

「主任、怪しい男は半グレなんじゃありません？」

「そうなんだろうか」

刈谷は美人刑事に応じ、フロントマンに顔を向けた。

「モニターに映ってる男が八月五日の事件《ヤマ》の加害者だとしたら、何らかの方法で被害者の男女を一三〇一号室に誘い込んだか、あるいは……」

「意識を失った二人をこっそりと部屋に運び込んだんでしょうか。ですが、事件当夜の十三階の防犯カメラにはそのような映像は録《と》れてませんでした。前にいらした二人の刑事さんに十三階の映像をお観せしたのですが、不審者の姿は映っていなかったんです」

「男の仲間が十三階の別の部屋を取って、そこに被害者たちを言葉巧《たく》みに誘い込んだとは考えられないだろうか」

「殺害されたお二方《ふたかた》は、館内の防犯カメラにはまったく映っていませんでした」

「そうですか。しかし、ロシア人ホステスと関東テレビの報道部記者は一三〇一号室で殺害されてた」

「ええ。死体を発見したのはルーム係の者でした。別の部屋に軽食をお届けした帰りに一三〇一号室から濃い血臭《けつしゅう》が漂《ただよ》ってきたので、ドアをノックしたらしいのです。しかし、ご返事がないので、警察に通報することになったわけです」

「ええ、そうでしたね。十三階のエレベーターホール付近に防犯カメラが設置されてるだけで、歩廊《ほろう》には……」

「はい、設置していません。お客さまのプライバシーを侵害することになってはいけませんのでね」

「それなら、加害者は二人の被害者を非常階段を使って、一三〇一号室に連れ込んだのかもしれないな」

「当ホテルには非常階段がありますが、非常時以外は使用できません。誰かが非常階段を昇降《しょうこう》したら、アラームがけたたましく鳴るようにセットされているのです」

明石が言った。フロントマンの語尾に奈穂の言葉が被《かぶ》さった。

「そういうことでしたら、犯人は業務用エレベーターを使って意識を失った二人を台車か何かに乗せ、十三階に上げたんではないでしょうか?」

「そういうことは考えにくいと思います」

「でも、出入りの納入業者か修理関係の社外スタッフを装えば、業務用エレベーターで十三階に上がることは可能なんではありませんか?」

「ええ、まあ」

「そうだったのかもしれませんよ」

「そうなんでしょうか」

明石が曖昧《あいまい》な応じ方をした。少し困惑顔だった。

刈谷は空咳《からぜき》をした。奈穂は察《さっ》しがよかった。すぐに口を閉じた。

「ご面倒でしょうが、十三階に設けられた防犯カメラの映像も一応、観せてもらえないでしょうか」

「はい、わかりました」

明石がプレイヤーのＤＶＤを差し換えて、手早く再生ボタンを押した。

十三階に部屋を取った客たちの姿が映し出された。刈谷はモニターを喰い入るように眺めた。だが、井出記者を装った不審者は映っていなかった。

「業務用のはモニターに映ってませんでしたが、カメラの死角になる場所にあるんですか?」

刈谷はフロントマンに訊いた。

「ええ。業務用エレベーターは非常階段寄りにあって、客室前の歩廊からは見えない造りになっています。電気工事人やリフォーム業者の姿をお客さまにお見せするのも、なんですのでね」

「ええ、そうでしょう。お仕事の邪魔をして申し訳ありませんでした。ご協力に感謝します」

刈谷は椅子から立ち上がった。奈穂も腰を浮かせる。明石がモニターの録画画像を停止させた。

刈谷たちコンビはモニタールームを出た。地下一階だった。階段で地下二階に下《くだ》る。

二人は灰色のプリウスに乗り込んだ。運転席に坐ったのは奈穂だった。刈谷は助手席に腰を沈めた。

チームは、黒いスカイラインとプリウスを隠れ捜査に使っていた。西浦・堀班はスカイラインで聞き込みに出かけた。

「井出健人になりすました正体不明の男はホテルの外で二人の被害者をエーテルで眠らせ、業務用エレベーターで十三階に上がったんだと思います」

奈穂が言った。

「その推測が正しければ、一三〇一号室を予約した奴はかなりの力持ちなんだろう。そうじゃないとしたら、仲間がいたにちがいない」

「多分、仲間と二人がかりで被害者たちを台車かワゴンに乗せて一三〇一号室に運び入れたんでしょう。それで先にエレーナ・ルツコイを裸にして、西洋剃刀で胸やお尻《しり》を傷つけたんだと思います。それから、彼女の喉を掻き切ったんでしょうね」

「その後、今度は井出健人の右頸部を深く傷つけて、血塗れの凶器を右手に握らせたのか」

「そうなんでしょうね。二人を部屋に運び入れた仲間は先に姿をくらましたんじゃないのかな。実行犯は犯行後、血で汚れた携帯型レインコートを脱いで、靴を履《は》き替えて逃走したんでしょう。もちろん、血みどろの手袋もビニール袋か何かに突っ込んでね」

「入江の読み筋通りだとしても、まだ犯人《ホシ》に見当がつかないな。被害者同士は生前、一度も会ってないわけだから」

「ええ」

「しかし、二人には必ず間接的な繋がりがあるはずだよ。少し時間がかかるだろうが、一歩ずつ真相に迫ろう」

「はい。主任、この後はどう動きます？」

「丸の内にある『五菱物産』の本社ビルに向かってくれ」

刈谷は指示した。

「織部常務に揺さぶりをかけてみるんですか、いきなり？」

「そうしたいとこだが、そうもいかないだろう。社員たちに探《さぐ》りを入れてみようや。織部がエレーナとの関係を妻に知られて頭を抱えてたんだったら、誰かにロシア人ホステスを始末させたのかもしれないからな」

「主任、ちょっと待ってください。織部学は関東テレビの井出記者とはまるで接点がないんですよ。井出まで片づける理由がないでしょ？」

「捜査資料だけの情報では、そういうことになるな。しかし、何事も疑ってみる必要がある。れっきとしたアリバイのある織部自身が直《じか》に自分の手を汚したはずはないが……」

「ええ、そうですね」

「だが、殺人教唆《きょうさ》の疑いはゼロとは言い切れないじゃないか。『五菱物産』の常務は熱血記者だったと思われる井出健人に何か不正の事実を握られてたのかもしれないぞ」

「そうなんでしょうか」

「常務の織部は高額な役員報酬を貰《もら》ってるんだろう。しかし、女房持ちだ。エレーナに愛人手当を渡してたはずだが、自分の収入額は妻に知られてるんじゃないのか」

「そうでしょうね。昔みたいな亭主関白はめっきり少なくなってるようですし、役員報酬も銀行振込なんでしょう」

「大企業で給与や役員報酬を現金で払ってる会社はないと思うよ。町工場や商店なんかは、いまだに従業員に月給をキャッシュで渡してるとこもあるようだが……」

「あったとしても、その数は極めて少ないでしょうね」

「そうだろうな。大手商社の重役なら、接待交際費は多いにちがいない。織部はインチキな領収証を集めて金を浮かせ、その分をエレーナの手当にしてたんじゃないだろうか」

「そうだったら、背任横領罪です」

「ああ、そうだな。織部は重役でありながら、会社の金を月に百五十万か二百万程度、私的流用してたとは考えられないか？」

「恐妻家の重役なら、そんな方法で愛人手当を工面《くめん》するかもしれませんね。でも、主任、関東テレビの報道記者がそんなチンケな悪事を取材対象にするでしょうか。わたしは考えられないと思います」

　奈穂が反論した。

「言われてみれば、接待交際費の水増しなんて悪事は小さすぎるな。会社ぐるみの不正の推進役が織部学だったのかもしれないぞ」

「その犯罪の証拠を井出記者が握ったんで……」

「織部常務が邪魔になった愛人のエレーナ、そして関東テレビの井出を一緒に第三者に始末してもらったとも推測はできる」

「かつて大手商社は、日本政府が東南アジア諸国に与えたＯＤＡを相手国の王族や有力政治家に飴玉《あめだま》をやって、公共事業を請け負《うお》う形で巧みに吸い上げてきましたよね？」

「そうだったな」

「ほとぼりが冷めたんで、大手商社は発展途上国に与えられた政府開発援助金の大部分をいただく気になったのかしら？　それで、各国の有力者たちに袖《そで》の下を使ってたんでしょうか」

「考えられなくはないな」

「それなら、会社ぐるみの贈賄でしょう。ニュース価値はありますから、報道部特集班の井出記者がそのあたりのことを取材してた可能性はあると思います」

「そうだな。とにかく、織部の会社に行ってみよう」

刈谷は言って、背凭《せもた》れに上体を預けた。

奈穂がプリウスを発進させた。新宿通りを進んでいると、刈谷の懐で刑事用携帯電話《ポリスモード》が着信した。

　ポリスモードを摑み出し、ディスプレイに目をやる。発信者は西浦律子だった。

「井出記者の上司や同僚たちに会うことはできたんだけどさ、新事実は摑めなかったの。どうも特集班の連中は、スクープしようとしてる種《ネタ》が外部に漏《も》れることを極端にいやがってるみたいね。だから、捜査資料に出てたこと以外は教えてくれないんだろうな」

「そう考えられますね」

「特集班は局記者だけではなく、何人かのフリージャーナリストを協力スタッフにしてるようなんだけど、協力者の氏名や連絡先は教えてくれなかったの。だけど、このまま引き下がったんじゃ、仕事にならないじゃない？」

「その通りでしょうね」

「だから、堀ともうしばらく関東テレビに留《とど》まって、なんとか協力スタッフのことを聞き出そうと思ってんの。局記者の口は堅いだろうけど、社外スタッフなら、口を滑らせてくれるかもしれないでしょ？　刈谷ちゃん、もう少し粘《ねば》ってもかまわないよね」

「ええ、もちろんです。西浦さん、井出記者は関東一心会室岡組の組員たちの生活保護費の不正受給のことで取材中に暴漢に襲われたことがあったんですか？　第一期捜査資料には、そういう同僚たちの証言があったと記述されてましたが……」

「室岡組の若い構成員三人に井出健人は襲撃されて、取材を打ち切れって凄《すご》まれたそうよ。脅迫に屈《くっ》しなかった井出記者は車で追い回され、拉致《らち》されかけたこともあるという話だったわ。特集班のデスクの証言だから、事実だと思うよ」

「捜査資料によると、室岡組は十九人もの若い組員に生活保護費を不正に受給させてたようですが、それは間違いなかったんでしょ？」

「デスクの話によると、十九人どころか、二十七人の若い組員が揃《そろ》って組事務所に住民票を移して、新宿区役所の福祉課に生活保護費受給の申請をしてたんだってさ」

「本当ですか」

「担当職員は不正申請と判断したんで、受理しなかったそうよ。そしたら、組員たちはまるでストーカーみたいに担当職員につきまとって、自宅周辺をうろつきつづけたらしいのよ。そいつらは大声をあげたりはしなかったらしいんだけど、担当職員にまとわりつづけたんだってさ」

「ビビった担当職員は、仕方なく生活保護費を支給する手続きをしてしまったんだろうな」

「そうらしいの。大勢のヤー公にそんなことをされたら、堅気《ネス》は怯《おび》えるよね。十数年前から関西の最大暴力団が首都圏に進出して関東やくざの縄張りに喰い込んでるから、室岡組はシノギがきついんじゃないの？」

「でしょうね。そのうち東西の勢力が抗争をおっ始めそうだな」

「話が逸《そ》れたけど、若い衆に生活保護費を不正に受給させたのは若頭の里中満信《さとなかみつのぶ》、五十一歳らしいわ。捜査資料には不正受給を唆《そそのか》したのは若頭とは記述されてなかったけど、井出記者の取材でそのことは事実だったらしいの」

「室岡組は、関東一心会の何次の下部団体《エダ》でしたっけ？」

刈谷は訊《き》いた。

「堀に確かめたら、二次だって。組員数は五百人近いらしいけど、本部に納める上納金が高額なんで、末端の連中は同棲してる風俗嬢なんかに養ってもらってるみたいよ」

「それでは、下っ端の組員たちは金銭的に余裕がないんでしょうね」

「だからって、不正に生活保護費を貰っちゃいけないわよ。たとえ月に二十万円弱でもね。ブラック企業でうまく扱《こ》き使われてる若者は一日二十時間前後も働かされて、それ以下の給料しか与えられないんだから。狡《ずる》いことをやっちゃ駄目よ、人間はね」

「同感です」

「そうそう、先々月の末に井出記者宛に野良猫の生首の入った小包が届いたらしいの。差出人の名は、〝東京太郎《あずまきようたろう》〟になってたという話だけど、送り主は室岡組の里中なんじゃないのかな。梱包《こんぽう》したのは、若頭の子分なんだろうけどね」

「そうなんでしょうか」

「あっ、肝心なことを言い忘れるところだったわ。少し前に堀が知り合いのやの字から入手した情報なんだけど、室岡組の里中はエレーナが働いてた『ハバロフスク』が〝みかじめ料〟を払わないことに腹を立て、厭がらせにロシア人ホステスたちにセクハラを繰《く》り返してたらしいのよ」

「エレーナも同じ目に遭《あ》ってたんでしょうね」

「堀は、そのあたりのことも知り合いの組員に訊《たず》ねてたそうよ。ある晩、若頭の里中は侍《はべ》らせたエレーナのスカートの中にいきなり手を突っ込んだんで、飲みかけのブランデーをまともに顔面にぶっかけられたんだってさ」

「護衛の若い者《もん》たちは、黙ってなかったんでしょうね」

「そうらしいわ。里中の護衛のひとりがエレーナの髪の毛を引っ摑んで、フロアに捻《ひね》り倒したらしいの。別の護衛は、エレーナの脇腹に蹴りを入れかけたそうよ。だけど、里中は二人の客たちの目を気にしたみたいで、二人の用心棒を窘《たしな》めたんだって。それから、里中は二人の護衛と店から出ていったらしいわ」

「そうですか。里中のほうに非があるわけですが、店内で恥をかかされたわけですか」

「うん、そういうことよね。自分が悪いんだけどさ、室岡組の若頭は頭にきたと思うわ。あっ、刈谷ちゃん……」

「西浦さんは、里中満信が手下の誰かに井出健人とエレーナ・ルッコイを殺《や》らせたと推測したんでしょ？」

「そう！　里中には動機があるじゃないの。関東テレビの井出記者は組員たちの生活保護費の不正受給のことを取材してたし、エレーナは大物やくざの面子《メンツ》を潰《つぶ》した。里中が二人に殺意を覚えたとしても、別におかしくはないんじゃない？」

「無法者たちは、殺人が割に合わないことを知ってるはずですよ。里中が自分の手を汚すわけないから、殺人教唆《きょうさ》ってことになりますが」

「ええ、そうね」

「それでも犯行が発覚したら、里中は五年以上は服役させられるはずです。被害者の二人のことは快く思ってなかったでしょうが、手下にテレビ局の報道記者とロシア人ホステスを亡《な》き者にしろと命じますかね」

「やくざは単細胞《マルタン》だから、本気で怒ったんなら、後先《あとさき》のことなんか考えないんじゃない？」

「そうかもしれませんね」

「関東テレビでもう少し情報を集めたら、わたしたち二人は歌舞伎町の室岡組の事務所の様子をうかがってみる。かまわないでしょ？」

「ええ」

「刈谷ちゃんと奈穂は京陽エクセレントホテルから、丸の内の『五菱物産』本社に回るんだったわね」

律子が確認するような口調で問いかけてきた。刈谷は短い返事をして、通話を切り上げた。

「西浦・堀班には何か収穫があったみたいですね」

奈穂がステアリングを捌《さば》きながら、話しかけてきた。刈谷は通話内容をかいつまんで伝えはじめた。

4

いたずらに時間が流れてしまった。

刈谷は焦《あせ》りを覚えはじめた。あと数分で、午後四時になる。プリウスは『五菱物産』の本社ビルの脇道に路上駐車中だった。

刈谷たちコンビはヘッドハンティング会社のスタッフに化け、午前中から表に出てきた商社マンたちを呼び止めて、織部常務の人柄を調べる真似をした。

常務の悪口を言う社員は皆無だった。私生活にも乱れはないと誰もが口を揃えた。織部は職場では生真面目《きまじめ》を装っているようだ。

刈谷たち二人は、『五菱物産』を訪れた取引先の社員たちにも探りを入れてみた。

やはり、織部の評判は悪くなかった。常務がこっそりとロシアン・クラブ『ハバロフスク』に通い、ナンバーワン・ホステスのエレーナ・ルツコイを愛人にしていた事実を知る者はひとりもいなかった。

「主任、織部の大学時代からの友人にも探りを入れてみましょうよ」

運転席の奈穂が言って、後部座席の上に置いた青いファイルを摑み上げた。初動及び第一期の捜査資料だ。

「捜査本部の捜査班は、織部の友人やゴルフ仲間ら四人に聞き込みをしてたな」

「ええ、学生時代からの旧友が常務の私生活のことを喋《しゃべ》ってますね。エレーナと不倫してることは織部自身から聞いたようですけど、詳しいことは知らないと語ってます」

「その旧友は鴨下宗介《かもしたそうすけ》という名で、弁理士じゃなかったかな」

「そうです」

「おれが偽電話をかけ、その弁理士にちょっと鎌をかけてみる」

刈谷は懐《ふところ》から私物のスマートフォンを取り出した。奈穂がファイルを見ながら、鴨下弁理士事務所の代表電話番号を告げる。

刈谷は電話をかけた。

受話器を取ったのは若い女性だった。刈谷はヘッドハンターを装い、電話を鴨下に回してもらった。

「鴨下ですが、ご用件は？」

「ご友人の織部氏を大手流通会社が副社長として引き抜きたがってるのですよ。いま、その社名を明かすことはできませんが、年俸は六億円です」

「六億円ですか⁉　いまの織部の役員報酬は一億円に届いてないはずです。好条件じゃないですか。羨《うらや》ましい話だな。それで、もう本人には打診されたんですか？」

「いいえ、まだです。私生活に問題があるようなので、ためらっているところです。あなたは、織部氏がロシア人ホステスのエレーナ・ルッコイさんを愛人にしてたことをご存じでしたよね？　エレーナさんは八月五日の夜、何者かに殺されてしまいましたが……」

「そのロシア人女性のことは織部から聞いてました。わたしはエレーナさんと会う機会はありませんでしたが、妖精のような美女だったようですね。織部はそんな美しい白人女性を愛人にできたことを自慢してましたよ」

「織部氏は取引先の役員の接待で、エレーナさんが働いてた『ハバロフスク』というロシアン・クラブに二年あまり前に初めて行ったんでしょ？」

「ええ、そう聞いています。一目惚《ひとめぼ》れしたようですよ。織部は恐妻家で有名なんですが、取引先の接待だと奥さんに嘘をついて、エレーナさんの店に通ってたみたいですね。それで、ついにロシア美人を彼女にすることができたのでしょう」

鴨下が言った。

「常務は恐妻家らしいから、年俸の額はごまかせなかったでしょうね」

「自分の稼ぎについては奥さんに正直に明かして、月々三十万円の小遣いを受け取ってたようです」

「エレーナさんは下落合《しもおちあい》のマンションで暮らしてましたが、織部氏の小遣いが三十万円では、愛人の手当は工面《くめん》できないでしょう。悪い噂は事実なのでしょうか」

「悪い噂って？」

「事実かどうかわからないのですが、織部氏は取引先にキックバックを要求して、汚れた金でロシア美人を囲ってるという噂が耳に入っているのですよ。それが事実なら、引き抜きの話は進められません。鴨下さん、そのあたりのことをご存じではありませんか？」

「取引先にキックバックを要求なんかしていないでしょ、織部は。そんなことをしてたら、会社にいられなくなりますからね」

「そうなんですが、織部氏はエレーナさんにかなりの額の愛人手当を渡してたはずです」

「月々、エレーナさんに金銭的な援助はしていると言ってましたよ。具体的な額までは教えてくれませんでしたがね。多分、百万円以上は毎月渡していたのでしょう」

「恐妻家の常務がどんな方法で、愛人手当を工面してたんですかね。何かダーティーなことをやらなければ、たとえ五十万でも捻出《ねんしゅつ》できないでしょう。やはり、噂は単なるデマや中傷ではなかったようですね」

「織部がそこまで堕落したとは思えないが、確かに愛人手当のことを考えると、彼は何か悪いことをしてたと疑われても仕方ありませんね」

「もしかしたら、織部氏は東南アジアやアフリカの権力者に渡す賄賂《わいろ》の一部をくすねていたのかもしれません。大手商社は、日本政府が発展途上国に与えたＯＤＡの支援金をインフラ整備などの名目で吸い上げてます。ビッグプロジェクトを受注するため、各商社が相手国の有力者を金品で味方につけていることは公然たる秘密ですよね？」

「ええ。織部の会社は発展途上国のさまざまな公共事業関連ビジネス、特に重機や油圧機各種の販売で儲《もう》けているようです。建材販売でも相当な利益を上げてるはずだな。織部が海外事業の統轄責任者ですから、賄賂の一部を着服することは可能でしょう。しかし、そんな犯罪に手を染めたら、刑務所に送られることになります」

「ええ。しかし、エレーナさんに強く魅《み》せられていたら、分別がつかなくなってしまうかもしれませんでしょ？」

「しかし……」

「鴨下さん、エレーナさんと一緒に殺害された関東テレビ報道部の井出という記者は、織部氏が何か悪事を働いてると確信していたようなんですよ」

　刈谷は鎌をかけた。

「えっ、そうなんですか⁉」

「織部氏は不倫してることを奥さんに知られたので、都合の悪いエレーナさんと井出記者を海外出張中に殺し屋《プロ》か誰かに葬《ほうむ》らせたと疑えないこともないですね」

「織部はそんな悪人ではありません。若いころから出世欲は強かったが、根は小心者なのです。殺人事件に関与してる疑いなんか絶対にありませんよ。織部の引き抜きの話、ぜひ進めてやってください。それだけの好条件なら、彼、別の会社に移ってもいいと思うでしょう。織部にとって、悪い話ではないはずです」

　鴨下が言った。

「わたしも、そう思いますよ。ですが、織部氏が何か罪を犯していたら、とんでもない人物をハンティングしたことになります」

「大丈夫ですよ、彼は」

「あなたがそうおっしゃられても、引き抜いた方が犯罪者なら、我が社は依頼会社に信頼されなくなって経営危機に陥《おちい》るでしょう。もう少し調査をしてみます」

「そうですか」

「鴨下さん、わたしのことはまだ織部氏には内分《ないぶん》に願います。引き抜きを断念することになるかもしれませんのでね」

刈谷は電話を切って、スマートフォンを懐に戻した。そのとき、奈穂が言葉を発した。

「話の遣《や》り取りで、だいたい内容は察しがつきます。織部学が法に触れる方法で、愛人手当を調達してたことはほぼ間違いないんでしょうね」

「そう思ってもいいだろう」

「織部が第三者に本部事件の二人を始末させた疑いはどうなんでしょう？」

「ゼロではないな。今度は織部にダイレクトに探りを入れてみるよ」

「何屋に化けるつもりなんですか？」

「ブラックジャーナリストになりすます」

刈谷は私物のスマートフォンを用《もち》いて、大手商社をコールした。電話は交換台に繋《つな》がった。

刈谷は全国紙の記者を騙《かた》って、電話を常務室に回してもらった。

「毎朝日報《まいちょう》の経済部の方だそうですね。取材の申し込みなんでしょ？」

織部が明るい声で問いかけてきた。

「新聞記者《ブンヤ》の振りでもしねえと、直接、あんたと喋れねえと思ったんだよ」

「きみは何者なんだっ」

「人は、おれのことをブラックジャーナリストと呼んでるようだな。おれはいろんなスキャンダルを暴露してるだけなんだがね。あんたとエレーナ・ルツコイのことはだいぶ前から知ってたよ」

刈谷は、はったり《ブラフ》をかませた。

「エレーナだって？」

「下手《へた》な芝居はやめな。『ハバロフスク』の売れっ子ホステスだったロシア美人のことだよ。八月の五日の夜、京陽エクセレントホテルの一三〇一号室で誰かに殺《や》られちまったけどな」

「そんな女性は知らない。わたしは忙しいんだ。電話、切るぞ」

「あんたがエレーナの自宅マンションに入るとこをおれはスマホのカメラで、動画撮影したんだよ。エレーナの顔もレンズが捉《とら》えてる。その動画をかみさんに観《み》られたくなかったら、おれを怒らせないほうがいいぜ」

「まいったな。エレーナとの関係は認めよう。しかし、もう彼女は亡くなったんだ。この世にいない浮気相手のことをゴシップ雑誌に書くと威《おど》しをかけてきても、こちらは別に平気だよ」

「なら、下落合のエレーナの部屋で爛《ただ》れた夜を過ごしてたことをセンセーショナルに書きたててやるか。それより、あんたのかみさんにエレーナとのことを詳しく教えてやったほうがよさそうだな」

「そ、それは困る。家内は、元副社長の姪《めい》っ子なんだよ。家内の伯父《おじ》は、わたしに目をかけてくれたんだ。いまのポストに就《つ》けたのも元副社長のおかげなんだよ。元副社長は家内を自分の娘のようにかわいがってる」

「だから、かみさんにも頭が上がらないわけだ？」

「そうなんだよ。エレーナを愛人にしてたことを暴露しないという誓約書を認《したた》めてくれたら、きみに五百万を現金で渡す」

「ずいぶん安く見られたもんだな。おれは、そのへんのチンピラじゃない」

「バックに闇社会の顔役が控えてるってことなのか?」

「そのことは否定しねえが、あんたのもうひとつの弱みはでっかい。たったの五百万円で裏取引なんかする気はないね」

「わたしがほかに大きな弱みを握られてる?」

織部が声を裏返らせた。

「そうだ。単なる下半身のスキャンダルだけじゃないってことさ。あんたは誰かにエレーナ・ルッコイと関東テレビの報道部記者の井出健人を片づけさせたようだな。バンクーバーに出張してる間にさ」

「言いがかりをつけるなっ。なぜ、そんなことを言いだしたんだ? わたしは、エレーナとうまくいってたんだぞ」

「しかし、あんたは浮気のことがいつか妻にバレるかもしれないと、いつもビクビクしてたんだろう。それから、関東テレビの報道部記者には危《ヤバ》いことを知られてしまった」

「危《ヤバ》いことって、何なんだ?」

「あんたは結構な役員報酬を得てるようだが、収入はかみさんに把握されてるにちがいない。かみさんから月々三十万円の小遣いを渡されてるらしいが、そんな額ではエレーナに愛人手当は渡せない」

「わたしの小遣いの額まで、きみがどうして知ってるんだ⁉　まさか家内から聞き出したんじゃないだろうな」

「あんたのかみさんとは会ったこともない」

「それを聞いて、ひと安心したよ。エレーナとのことは、まだ家内には勘づかれてないはずなんだ」

「あんた、本当に恐妻家なんだな。かみさんに頭が上がらないくせに、よく浮気なんかする気になったもんだ」

「頭が上がらないからさ」

「え？」

「それなりに出世したつもりだが、家では家内の尻《しり》の下に敷かれてる。子供を産むまでは、家内もわたしを何かと立ててくれてた。ところが、母親になったとたん、家内が我が家の主導権を握るようになったんだ」

「よくあるパターンじゃないのか」

「確かにそうした傾向はあるが、我が家は度を越してる。家内はまるで女王のように君臨して、わたしに庭の雑草取りをさせ、ごみも出させるんだよ。うっかり生ごみを出し忘れたりすると、金切り声で叱り飛ばされる。まるで子供扱いなんだ」

「そんなふうなら、夫婦生活でも奉仕を強《し》いられてるんだろうな」

「いや、次男が小学生になってからはほとんどセックスレスだよ。疲れてるからと拒んで、家内は自分の寝室に逃げ込んでしまうんだ。そうして必ず内錠を掛ける」

「どうしてもセックスしたいときは、自分で欲望を処理してきたのか？」

刈谷は面白半分に訊いた。

「結婚してるのに、そんな惨《みじ》めなことはできない。ひたすら頼み込んで……」

「させてもらうわけか？」

「そうだよ。わたしがどんなに愛撫しても、家内の体はめったに潤まなかった」

「あんた、よっぽど下手なんだろうな」

「特にテクニックが劣《おと》ってるとは思わない。家内に内緒でお持ち帰りしたクラブの女性たちはちゃんと反応してくれたよ。エレーナだって……」

「いいわ《ハラショー》と裸身をくねらせたかい？」

「きみ、話を脱線させないでくれ」

「エロい話をしはじめたのは、あんただぜ」

「そうだったかな。とにかく、わたしはエレーナにぞっこんだったんだ。接待交際費を浮かせて彼女に手当を渡してたのは自慢できることじゃないが、会社の金を着服した覚えはない。横領なんかしてないぞ、わたしは。どこの誰がエレーナを殺したのかわからないが、この一カ月、わたしはずっと悲しみにくれてた」

「関東テレビの井出記者があんたの身辺を探ってたことは間違いない。おれにはネットワークがあるんだよ」

「誰がきみに妙なことを吹き込んだのか知らないが、わたしは疚《やま》しいことはしてないっ。テレビ局の報道部記者にマークされてた自覚もないね」

「ばっくれても、意味ないぜ。こっちは、あんたが会社の金をネコババしたという証拠を手に入れてる」

「そんなブラフには引っかからないぞ。エレーナとの不倫は認めるが、ほかに後ろめたいことは何もしてない。ああ、天地神明に誓えるよ」

「天地神明とは、ずいぶん年寄りっぽい言い方だな」

「もう若くないんだ。わたしは。それよりも盗み撮りしたという動画の件だが、削除してくれないか。エレーナとのことを家内に言わないでくれたら、きみに本当に五百万円渡すよ。それで、手を打ってくれないか。お願いだ」

織部が哀願した。

「あんた、おれが言ったことを忘れたらしいな。こっちはチンピラじゃない。小口の強請《ゆすり》はやらねえよ」

「くどいようだが、わたしは誰にもエレーナを殺させてない。お気に入りの女をなんで亡《な》き者にしなければならない？　殺害動機がないじゃないかっ」

「動機はあるな。恐妻家のあんたは、いつか妻に不倫のことを知られてしまうかもしれないという強迫観念に取り憑《つ》かれてた」

「家内にエレーナのことがバレたら、大騒動になるだろうと思ってたが、そのときはそのときだと開き直ってもいたんだ」

「だったら、不倫してたことをかみさんに知られても、別に動揺する必要はないだろうが！」

「そうなんだが、もうエレーナは死んでしまったんだ。できれば、浮気のことは家内に知られたくないんだよ。熟年離婚なんかしたら、平《ひら》の取締役に降格されるかもしれないじゃないか。そんなことになったら、恰好《かっこう》がつかない。だから、エレーナとのことはできれば隠したままにしておきたいんだ」

「あんたの話を鵜《う》呑《の》みにするほど甘くないぞ、おれは。あんたは、エレーナと井出記者を抹殺したいと願ってた」

「同じことを何回も言わせないでくれよ。一千万円は無理だが、七百万円なら、なんとか用意できる。それで、どうだ？」

「また連絡すらあ」

刈谷は言い放ち、通話を打ち切った。

織部はシロなのか。そうではなく、クロなのだろうか。判断がつかなかった。

刈谷は唸って、スマートフォンを握り締めた。

第二章　容疑者の洗い直し

1

黒塗りのハイヤーが停まった。

千代田区紀尾井町《きおいちょう》にある老舗料亭の前だった。美人刑事がプリウスを路肩《ろかた》に寄せる。ハイヤーの三十メートルほど後方だった。

刈谷は視線を延ばした。

ハイヤーの後部座席から降りた織部学が料亭の内庭に入った。午後七時数分前だった。

刈谷たちコンビは、『五菱物産』本社ビルから織部常務を乗せたハイヤーを追尾《ついび》してきたのだ。

「対象者《マルタイ》は取引先に一席設けてもらったみたいですね」

奈穂が言った。

「そうなんだろうな。入江、なんか妙だと思わないか」

「主任、どういうことですか？」

「取引先との会食なら、織部は担当部長や課長を伴って会食の席に顔を出すんじゃないのかな」

「部下たちは、先に座敷に入ってるんでしょう」

「そうか、そうかもしれないな」

刈谷は一応、得心《とくしん》した。だが、何か釈然としなかった。

ハイヤーが走り去った。

「常務が部下たちをいつも同席させてないとしたら、織部は取引先からキックバックの類《たぐい》を貰ってるんじゃないかしら。そのお金をエレーナ・ルッコイに回してたと考えられません？」

「ああ、考えられるな。入江は車の中で待機しててくれ。ちょっと確認してくる」

刈谷はプリウスの助手席を離れ、老舗料亭に向かった。

初秋とはいえ、日中はまだ暑い。だが、夜間はかすかに秋の気配を感じられるようになった。どこかで地虫が鳴いている。

刈谷は料亭の敷地に足を踏み入れた。

石畳の左手に築地《ついじ》があり、右手は枯山水《かれさんすい》の趣《おもむき》だ。料亭の玄関先で下足番と思われる男が屈《かが》み込んで、落ちた病葉《わくらば》を拾い集めている。六十年配だった。

「警察の者ですが、ちょっとよろしいですか」

刈谷は年配の男に話しかけた。

六十絡《がら》みの男が腰を伸ばした。小柄だ。百六十センチもないだろう。細身で、短く刈り込んだ髪は半白だった。

刈谷はＦＢＩ型の警察手帳の表紙だけを短く呈示《ていじ》した。顔写真付きの身分証明書を見せたら、刑事課に所属していないことを知られてしまう。

「どちらの署の方なんでしょう？」

「新宿署の人間です。失礼ですが、あなたはこの料亭の方ですね」

「ええ。十六年前から下足番をやらせてもらってます。貝塚《かいづか》といいます。刑事さん、どんな事件の聞き込みなんです？」

「ちょっとした内偵捜査なんですよ、詳しいことは教えられませんがね」

「ええ、そうでしょう。で、何をお訊きになりたいんです？」

貝塚が促《うなが》した。

「少し前に『五菱物産』の織部常務がこちらに入られましたでしょ？」

「は、はい」

「織部さんは、どなたの座敷に招かれたんですか？」

「そういうご質問に答えていいものかどうか、女将《おかみ》に相談してみませんと」

「あなたにご迷惑はかけません。ご協力願えると、ありがたいんですがね」

「わかりました。織部さまは『北洋《ほくよう》シーフード』のお座敷に……」

「その会社は準大手の水産会社ですよね」

「ええ。『北洋シーフード』は『五菱物産』の水産部の依頼でロシア海域で獲《と》れた魚介類を買い付けてるようですよ」

「そうですか。接待は、いつごろからなんでしょう？」

「一年半ぐらい前からでしょうか。そのころから、『北洋シーフード』の羽立《はだて》副社長がほぼ毎月、織部さまを接待されておりますんで」

「どちらも部下抜きで酒を酌《く》み交わしてるんですか？」

刈谷は畳みかけた。

「ええ、いつもお二人だけですね。同世代ですんで、何かと話が合うんでしょう。当方で会食されてからは、たいがいお二人で銀座の高級クラブに行かれるようですよ」

「当然、『北洋シーフード』が織部常務を接待してるんだろうな」

「そうでしょう。『北洋シーフード』は織部さまの会社に年間数百万トンの魚介を買い取ってもらってるようですから、大事にしたい取引先のはずです」

「料亭や高級クラブで接待するだけではなく、大手商社の常務に女たちを与えて、さらに多額の〝車代〟を渡しても充分にペイするだろうな」

「『北洋シーフード』は織部さまに〝車代〟を渡してはいないでしょう。そういうことをしたら、お二方《ふたかた》とも手が後ろに回ってしまいますから」

「その通りなんだが、銭の嫌いな人間はめったにいないでしょ？」

「ええ、それはね」

「どちらも部下を連れてないわけだから、座敷でキックバックを受け渡す機会はありそうだな」

「羽立さまが札束入りの封筒を織部さまにお渡しになっているとは思えませんが……」

「あなたはそうおっしゃるが、二人だけで会ってることが疑わしいな」

「そんなことはされてないと思いますが、密室の中のことはわかりません。それはそうと、織部さまは大きな事件に関わってるのでしょうか？」

　貝塚が探りを入れてきた。

「さっきも言いましたが、捜査のことは口外できないんですよ」

「そうでしょうね」

「お仕事の邪魔をして、すみませんでした」

刈谷は謝意を表し、下足番に背を向けた。

老舗料亭を出て、プリウスの中に戻る。刈谷は貝塚から聞いた話を入江奈穂に喋った。

「『北洋シーフード』の羽立副社長が歌舞伎町の『ハバロフスク』に案内したんではないのかしら？　捜査資料には、そのあたりのことは細かく記述されてませんでしたけど。主任、どう思います？」

「多分、そうだったんだろうな。織部学は店でエレーナ・ルッコイを見て、心を奪われてしまった。で、今度は自分ひとりで『ハバロフスク』に通い、エレーナを口説《くど》いたのかもしれないぞ」

「ええ。主任、エレーナの愛人手当は『北洋シーフード』が肩代わりしてたんではありませんかね。『五菱物産』に大量の水産物を買い取ってもらってるんだから、それぐらいのサービスはするでしょ？　取引先は織部常務の一存で決定してたんでしょうから、『北洋シーフード』は常務に貸しを作っておいて損はないはずです。商売に役立ちますんでね」

「そうだな。『北洋シーフード』はバレないように複数の個人名を使って、エレーナの銀行口座に月々の手当を振り込んでたんだろう。そういう手を使えば、織部は浮気が発覚しにくくなる」

「そうですね。それとは別に『北洋シーフード』の羽立副社長は、料亭で会うたびに織部にキックバックを現金で手渡してたんでしょう。常務は奥さんから月に三十万円の小遣いしか貰ってなかったようですから、エレーナの店に足繁く通えませんでしょ？」

「織部は、キックバックを受け取ってるにちがいない」

「あっ！」

　奈穂が急に高い声を発した。

「入江、どうした？」

「『北洋シーフード』は六年前、ロシア漁業公団の悪徳職員に密漁帆立貝《ほたてがい》を摑まされて、大量に破棄させられたことがありましたよ」

「そういえば、そんなことがあったな。会社はまんまと騙《だま》されて、大損したわけか」

「『北洋シーフード』は、単に運が悪かっただけなのかもしれません。二十年近く前からロシア海域で密漁された魚介が日本に輸出されてることに現地の漁業公団は目をつぶってきました。本音では外貨を獲得したいからでしょう。しかし、建前を崩せないんで、ロシア漁業公団は時々、密輸出の取り締まりをしてるんだと思いますよ」

「そうなんだろうな。日本に出回ってるタラバ蟹や花咲蟹の約六割は、ロシア海域で密漁されたものだとマスコミで報じられてた。密漁には極東マフィアが深く関与してることもあって、ロシア漁業公団は積極的に手入れをしてないんだろう」

「ええ。だけど、密漁を野放しにしておくわけにはいきません。それで、たまに摘発してるんでしょう。買い付け業者は密漁された水産物と知りながら、どの社も輸入してるにちがいありませんよ。商社だって、そのことはわかってるはずです。そうでなければ、スーパーで安くタラバ蟹を売ることはできないでしょ？」

「そうだろうな。密漁は儲かる。北海道の暴力団も、雲丹《うに》やナマコをごっそりかっぱらって、中小の水産会社に買い取ってもらってる」

「そうした密漁水産物を大手商社が直《じか》に引き取るわけにはいかないけど、ロシア海域で獲れた密漁魚介を準大手クラスの水産会社から買えば、言い逃《のが》れられます。買い付け業者を信用してたんで、まさか密漁水産物を摑まされてたとは知らなかったと空っとぼけることができますからね」

「そうだな。おそらく『北洋シーフード』と『五菱物産』は、ロシア海域で密漁された水産物を意図的に買ってたんだろう。正規の輸入品よりも安く買い叩けば、その分だけ利益が出るじゃないか」

「そうですね」

「ロシアの極東海域の密漁には、ユジノサハリンスクかウラジオストクの犯罪組織が関わってるはずだ。ナホトカにも、マフィアたちがいると聞いてる。どのマフィアが『北洋シーフード』に密漁した魚介を売り渡してるのかわからないが、エレーナの死と何か結びついてるのかもしれないな」

刈谷は言った。何か根拠があるわけではなかった。刑事の勘だった。

「主任、関東テレビの井出記者は以前、極東マフィアのダーティー・ビジネスを取材したことがあるのかもしれませんよ。エレーナはロシアン・クラブで働いてたわけだから、極東マフィアのことをある程度は知ってたと思われます」

「だろうな。しかし、二人の被害者にはダイレクトな接点はなかった」

「ええ、そうですね。エレーナ・ルツコイは店に来る日本人の客に不用意に極東マフィアに関する秘密を喋ってしまった。井出記者のほうは、極東マフィアのことを特集番組で取り上げようとしたんじゃないでしょうか」

「そう考えれば、エレーナと井出が無理心中に見せかけて口を封じられたことの説明はつくと言いたいんだな」

「はい、そうです。筋の読み方が間違ってますかね？」

奈穂が問いかけてきた。

「間違ってるとは思わないよ。しかし、推測の域を出てないから、なんとも言えないな。入江の読み筋通りかもしれないし、大外れなのかもしれない」

「どちらなのかな」

「タブレットで、『北洋シーフード』のホームページを覗いてみてくれないか。役員たちの個人情報は出てこないだろうが、羽立副社長に関する予備知識を頭に入れといたほうがいいだろうからな」

刈谷は指示を与えた。奈穂がバッグの中からタブレットを取り出し、準大手水産会社のホームページにアクセスする。

刈谷はディスプレイに目を向けた。

『北洋シーフード』の副社長のフルネームは、羽立保《たもつ》だった。五十五歳だ。『五菱物産』の常務よりも二歳若いが、同年代である。共通の話題は多いにちがいない。

「ちょっとウィキペディアを覗いてみますね」

奈穂がキーワードを打ち込んだ。

すると、羽立の個人情報が流れはじめた。かつて東京水産大学と呼ばれていた単科大学を卒業した羽立は東京本社に二年勤務しただけで、その後は二十年ほど海外で働いていた。カナダ、チリ、ノルウェー、ロシア、スペイン、オーストラリアで水産物の買い付けに専念していたようだ。海外勤務中に結婚し、転勤先で二女を儲けている。

「凄腕の仲買人として会社の売上をアップさせたんで、四年前に副社長に抜擢されたようですね。わたしの好みではありませんが、写真で見る限りハンサムなんじゃないですか？」

「昔の流行《はや》り言葉で言えば、ナイスミドルだな。色は黒すぎるがね」

「外国の養魚場を毎日回ってたんで、漁師みたいに潮灼《しおや》けしたんでしょう」

「そうなんだろうな。入江、ついでに織部も検索してみてくれないか」

「わかりました」

「織部もウィキペディアに載《の》ってると思うが……」

「いいえ、出てきませんね。大手商社は個人情報の管理がしっかりしてるんでしょう」

「入江、悪かったな。もういいよ」

刈谷は部下を犒《ねぎら》った。奈穂がタブレットをバッグの中に戻し、刈谷を顧《かえり》みる。

「織部たち二人が出てきたら、追尾します？」

「銀座の高級クラブに流れるだけかもしれないが、尾行してみよう」

「わかりました」

「コンビニで弁当でも買っておくべきだったな。こいつで、空《す》きっ腹をなだめよう」

刈谷はグローブボックスから、非常食の乾パンとビーフジャーキーを取り出した。分け合って、食べはじめる。

「飲み物がないと、ちょっと食べにくいですね。わたし、近くのコンビニまで行ってきますよ。ペットボトルを何本か買ったら、走って戻ってきます」

「喰いにくいのは確かだが、張り込み中に隙《すき》を作るのはまずいな。対象者《マルタイ》が動きだすかもしれないじゃないか」

「さっき織部は料亭に入ったばかりですから、一時間ぐらいは座敷にいるでしょ？」

奈穂が控え目に反論した。

「そうだと思うよ。しかし、予測はあくまでも予測だ。思いがけない展開になることもある。それにさ、この近くにコンビニはなさそうだぞ」

「ええ、そんな感じですね」

「おれも飲み物が欲しいと思ってたが、入江、いまは我慢しよう」

刈谷は言って、干《ほ》し肉を齧《かじ》りはじめた。奈穂が拘《こだわ》りのない笑顔で乾パンを頰張《ほおば》りだした。

腹ごしらえをし終えたとき、堀芳樹から刈谷に電話がかかってきた。

「夕方から室岡組の組事務所の近くにいるんすけど、若頭の里中はまだ姿を見せてないっす。きょうは組事務所には顔を出さないつもりすかね」

「そうなのかな」

「そんなことで、生活保護費を不正に受けてる若い組員を少し締め上げてみたんすよ。そいつ、短刀《ドス》を隠し持ってたんす。銃刀法違反で連行するってビビらせたら、里中の言われるままに二十七人が組事務所に住民票を移し、生活保護費受給を申請したんだと吐いたんすよ。担当職員に凄んだことも認めたっす」

「そうか。で、不正受給の件で関東テレビの井出記者が室岡組の周辺をうろついてた事実は？」

刈谷は質問した。

「刃物《ヤッパ》を持ち歩いてた奴は、そのことも認めたっすよ。それから、里中が報道記者のことを目障《めざわ》りだから、なんとかしろと若い者《もん》に言ったそうっす」

「それで、井出健人に何かした組員はいたのかな」

「そこまではわからないって言ってたっす。けど、若頭は井出が身辺を嗅ぎ回ってることをすごくウザがってたらしいっすから、手下の誰かにエレーナと一緒に井出記者を始末させたんじゃないっすか。自分は、そう睨んでるんす。西浦さんには、結論を急ぐなって忠告されたっすけど、ビンゴだと思うっすよ」

「堀、ほかにわかったことは？」

「匕首《あいくち》を持ってた奴に、里中の愛人《レコ》のことを喋らせたんすよ。若頭の情婦《いろ》は小森舞衣《こもりまい》って名で、二十六だそうっす。元ＡＶ女優で、巨乳だって話だったすよ」

「その愛人《レコ》の家《ヤサ》は？」

「中野坂上《なかのさかうえ》のマンションに囲ってるそうっす。マンション名と部屋の番号も聞き出したんで、西浦さんと舞衣の自宅に行ってみるっすよ。もしかしたら、里中は愛人《レコ》の家にいるかもしれないっすからね」

「そうしてくれ。ただし、おまえと西浦さんだけで小森舞衣の部屋に踏み込むなよ。里中がいたとしたら、丸腰とは思えないからな」

「若頭が愛人《レコ》んとこにいたら、主任に連絡すればいいんすね」

「ああ、そうだ」

「そちらは織部を尾行中なんすか？」

堀が訊いた。刈谷は部下に経過を伝えはじめた。

2

老舗料亭から二人の男が現われた。

織部と羽立だった。午後九時を回っていた。

迎えの車は見当たらない。二人は内堀《うちぼり》通りに向かって歩きだした。

「織部たちを慎重に尾《つ》けてくれ」

刈谷は奈穂に指示した。

「はい。ハイヤーをなんで呼ばなかったんでしょう？　二人は赤坂《あかさか》あたりの違法カジノにでも行く気なのかしら？」

「そうなのかもしれないな。とにかく、二人を追尾してくれないか」

「了解！」

奈穂がプリウスの尻を脇道に入れ、車首の向きを変えた。織部たちはだいぶ遠ざかっていた。

奈穂が低速で車を走らせはじめる。織部たちは内堀通りでタクシーに乗り込んだ。緑と橙色《だいだいいろ》に塗り分けられたタクシーだった。部下がツートーンカラーの車を見失うことはないだろう。

刈谷はシートに凭《もた》れかかった。

タクシーは二十分ほど走り、銀座七丁目にある白い飲食店ビルに横づけされた。並木通《なみき》りだ。料金を払ったのは、『北洋シーフード』の羽立副社長だった。奈穂がプリウスを路肩に寄せた。

織部たち二人が飲食店ビルの中に消えた。

「対象者《マルタイ》が入る店を調べてくる」

刈谷は美人刑事に言って、素早く助手席を出た。

大股で飲食店ビルまで歩き、正面奥のエレベーターホールを見る。ちょうど織部と羽立が函《ケージ》に乗り込むところだった。ほどなくケージの扉が閉まった。

刈谷は飲食店ビルに足を踏み入れ、エレベーターホールに急いだ。

たたずみ、階数表示盤を見上げる。ランプは四階で静止した。織部たちの馴染《なじ》みの酒場は、そのフロアにあるのだろう。

刈谷は上《のぼ》りのボタンを押し込んだ。

少し待つと、エレベーターが一階に下《くだ》ってきた。函《ケージ》に乗り込む。四階には、六軒のクラブと会員制バーがあった。どの店も高級そうだった。

通路には人の姿は見当たらない。織部と羽立は、どの店に入ったのか。刈谷は、二人にはまだ顔を知られていない。

刈谷は端から店のドアを開けてみる気になった。

しかし、すぐに思い留《とど》まった。どの酒場も、小さくはない。店の扉を開けても、奥までは見通せないだろう。

刈谷は人目につかない場所に入り、私物のスマートフォンを取り出した。ＮＴＴの番号案内係に端から店の電話番号を教えてもらい、そのままコールしてもらう。

「はい、『シャレード』でございます」

男が電話口に出た。フロアマネージャーだろうか。

「織部常務がお世話になっています。わたし、『五菱物産』の秘書室の者なんですが、今夜中に常務に目を通してもらいたい書類があるんですよ」

「はあ？　織部姓のお客さまは当店にはいらしてませんが……」

「失礼しました。うっかり店を間違えてしまいました」

刈谷は詫《わ》びて、電話を切った。同じ要領で次のクラブに電話をかける。

織部たち二人は、クラブ『レジェンド』にいた。刈谷は客の振りをして店に入ってみることにした。奈穂に電話でその旨《むね》を伝え、『レジェンド』の逆Ｕ字形の黒い扉を開ける。

店名は金文字だった。

「いらっしゃいませ」

奥から黒服の男が姿を見せた。三十歳前後だろう。

「ここは、会員制のクラブなのかな」

「一応、そうなっていますが、フリのお客さまも大歓迎です。おひとりさまですね？」

「そうなんだ。そういうことなら、少し飲ませてもらおうか。『レジェンド』という店名に惹《ひ》かれたんだよ」

刈谷は、もっともらしく言った。黒服の男に導《みちび》かれて店の奥に進む。

ボックスシートが十卓ほど並んでいた。先客は四組だった。それぞれ容姿に恵まれた若いホステスを侍らせ、愉《たの》しげにグラスを傾けている。

織部と羽立は、左奥の席で向かい合っていた。席に付いているホステスは四人だった。

ほかの客も数人連れで、中高年の男ばかりだ。大企業の役員たちなのか。それとも、高収入を得ている大物弁護士か医師なのだろうか。

刈谷は、中ほどのボックスに案内された。スコッチ・ウイスキーの水割りとオードブルを注文する。

「どういうタイプの女性がよろしいでしょう？」

「陽気なホステスさんがいいね」

「かしこまりました」

黒服の男が下がった。刈谷はセブンスターをくわえ、耳をそばだてた。

織部は羽立とゴルフ談義に耽《ふけ》っていた。ホステスたちは絶妙なタイミングで、感嘆の声をあげる。わざとらしくはなかった。接客のプロなのだろう。

黒服の男が、彫《ほ》りの深い二十三、四歳のホステスを伴って近づいてきた。ホステスは樹《じゅ》里《り》という源氏名《げんじな》で、背が高い。

「失礼します」

樹里が刈谷のかたわらに浅く腰かけた。坐った位置が心憎い。客との距離がほどよかった。

「何か好きなドリンクを……」

「それでは、カクテルをいただきます。お客さまは三十代ですよね？」

「そう」

「常連の方は重役クラスの方が多いんですよ。どなたも出世頭みたいで、自信家が少なくないんです。年配の方の自慢話を聞かされても、ちっとも面白くないんですよね。久しぶりに若い方の席に付けて、仕事に張りが出てきたわ。お客さま、お名刺をいただけますか?」

「あいにく名刺を切らしてるんだよ。ごめんな。野町《のまち》というんだ」

刈谷は偽名を口にし、短くなった煙草の火を消した。

「お仕事をうかがってもかまいません?」

「人身売買組織を仕切ってるんだ。手下の者にきみを引っさらわせて、ブルネイの王族に売り飛ばすかな」

「面白い方ね」

「冗談はさておき、小さな経営コンサルタント会社を経営してるんだよ。奥の席にいるのは、『五菱物産』の織部常務なんじゃないの?」

「ええ、そうです。お知り合いなんですか」

「いや、そういうわけじゃないんだ。経済誌に顔写真入りのインタビュー記事が載ってたんで、常務のことを憶《おぼ》えてたわけさ」

「ああ、それでね」

「ここは、『五菱物産』の人たちがよく使ってるの?」

「いいえ、『北洋シーフード』の羽立副社長にごひいきにしていただいてるんですよ。織部さんと談笑されてるのが羽立副社長です」

「そう」

「羽立さんの会社はロシアから水産物を買い集めて、『五菱物産』の水産部に納入してるみたいですよ」

「そういうことなら、『北洋シーフード』が大手商社の常務を接待してるわけだな」

「そうなんだと思います」

樹里が少し上体を反《そ》らした。ボーイが酒とオードブルを運んできたからだ。彼女は手早くウイスキーの水割りを用意し、自分用にスロージン・サワーをオーダーした。スロージンをベースに、レモンジュースと砂糖を加えた甘口のカクテルだ。

「あまり飲めるクチじゃないのかな？」

「ええ、そうなんです。強いお酒を飲むと、お客さまよりも先に酔ってしまうんですよ。だから、セーブしてるんです」

「アルコールに弱い女性なら、口説きやすそうだな。今度は、きみとワンナイトラブを娯《たの》しむか」

「そういうストレートな迫り方って、なんか新鮮ですね。五、六十代のお客さまは、回りくどい迫り方をするんですよ」

「そうだろうな。冗談は、このくらいにしておこう」

刈谷はグラスに口をつけた。イベリコ豚の生ハムを口の中にほうり込んだとき、ボーイがカクテルを運んできた。スロージン・サワーはルビー色だった。

「トマトジュースみたいな色だけど、甘くておいしいんですよ。いただきます」

樹里がしなやかな白い指で、サワーグラスを摑み上げた。

「『北洋シーフード』の副社長は、しょっちゅう織部常務をこの店に連れてきてるのかな?」

「時々ですね」

「そう。副社長が自ら接待してるぐらいだから、買い付けた魚介類をいい値で『五菱物産』の水産部に引き取ってもらってるんだろうな」

「そうなんでしょうか」

「織部さんはキックバックの類《たぐい》を貰って、ベッド・パートナーを提供してもらってるのかもしれないな。この店にも、何人かは〝特攻隊〟がいるんじゃないの?」

刈谷は声を潜《ひそ》めた。〝特攻隊〟とは、金で店の客と寝ているホステスのことだ。

「昔は、そういう娘《こ》たちがいたようですけど、いまはひとりもいないはずです」

「そう。羽立副社長は織部さんとしか店に来ないのかな?」

「ロシア人の男性と一緒にお見えになることもあります」

「そのロシア人は、水産関係の仕事をしてるのかな？」

「ううん、赤坂の田町《たまち》通りでロシア料理店を経営してるそうですよ。日本語での日常会話はできるんで、接客は楽ですね。ロシア語しか話せなかったら、会話が成立しませんから」

「そのロシア人は若いのかい？」

「五十三だと言ってました。額が大きく禿《は》げ上がってますけど、まだ肌には張りがありますね。ビクトル・ブレジネフという名前です。経営してるお店の名は、えーと、なんて言ったったっけな。あっ、思い出しました。『ボルシチ』です」

「ロシアの家庭料理の一つを店名に使ったんだな」

「日本にいるロシア人の交流の場になってるみたいですよ。旧ソ連のウクライナ、ベラルーシ、ジョージア（旧グルジア）、アゼルバイジャン、アルメニアの人たちも『ボルシチ』によく顔を出してるそうです」

「ビクトル・ブレジネフという男は店のオーナーで、調理には携《たずさ》わってないのかな？」

「オーナーシェフだという話ですから、ブレジネフさんはいつも厨房《ちゆうぼう》にいるんだと思います。羽立さんは、日本で一番おいしいロシアの家庭料理を食べさせる店だと言ってました。わたしは一度もブレジネフさんの店に行ったことはないんですけど、ママとチーママは『ボルシチ』に二、三度行ってるんです」

「リピーターになったんなら、味は悪くないんだろうな」

「ビーフ・ストロガノフは看板メニューだから、おいしかったそうです」

「そう」

「アルコールの品揃えもよくて、ウオッカは人気のあるプーチンカのほかにサンクトペテルブルク、ツァールスカヤ、ルースキー・スタンダルトも置いてあるらしいんです」

「酒飲みでもないのに、やたら精《くわ》しいんだな」

「元カレがジェントルバーのマスターだったんですよ」

「そういうことか」

「ブレジネフさんのお店には、ビールもいろいろ置いてあるようですよ。ナショナル・ブランドのバルチカはもちろん、黒ビールのチョームノエ、琥珀色《こはくいろ》のスヴェートロエも飲めるらしいんです」

「一度、きみとそのロシア料理店に行ってみたいね。今夜、どうだい？」

「今夜は常連の方たちにアフターに誘われてるんですよ。そのうち、誘ってください」

「うまく逃げられたか」

「本当に先約があるんですよ。別に逃げたわけじゃありません」

樹里が心外そうに言った。頬を膨《ふく》らませた顔は愛らしかった。

刈谷はスコッチの水割りをお代わりして、さりげなく織部たちの様子をうかがった。二人はすっかり寛《くつろ》いだ感じで、すぐには店を出る雰囲気ではない。

刈谷は二杯目のグラスを空《あ》けると、樹里にチェックしてくれと耳打ちした。

「もうお帰りになられるんですか。わたしの接客に何か問題がありました？」

樹里がおずおずと訊いた。

「そういうことじゃないんだ。どうしても顔を出さなければならないスタンド割烹《かっぽう》があるんだよ。近々、また来る」

「本当に来てくださったら、一緒にブレジネフさんのお店に行きましょう」

「そういうことなら、数日中にまた顔を出すよ。今夜はスマートに引き揚げよう。本当にチェックしてくれないか」

刈谷は急《せ》かした。樹里が立ち上がって、ボックス席から離れた。

勘定は三万数千円と意外に安かった。樹里と一緒に『レジェンド』を出て、一階に降りる。

「わたし、本当に待ってますから」

樹里が潤《うる》んだ目で言い、握手を求めてきた。

刈谷は樹里の手を握り返し、新橋《しんばし》駅方向に歩きだした。プリウスとは逆方向だった。

刈谷は百メートルあまり先で、体を反転させた。来た道を引き返し、プリウスの助手席に乗り込む。

「主任、さっきのホステスさんに何か甘いことを言ったんでしょ？　彼女、縋《すが》るような眼《まな》差《ざ》しで主任の後ろ姿を見送ってましたよ」

「あの娘《こ》とは世間話をしただけだよ。おれは誠実な男なんだ。たとえ相手がホステスさんでも、いい加減なことは言わない」

「そういうことにしといてあげます。それで、何か収穫はありました？」

奈穂が問いかけてきた。

刈谷は、樹里から得た情報を美人刑事に教えた。

「『北洋シーフード』の羽立副社長が接待するのはわかりますよね、魚介類を『五菱物産』の水産部に納入して大きく儲けさせてもらってるわけですから」

「そうだな」

「羽立は、なぜロシア料理店のオーナーシェフまで接待する必要があるんでしょ？　ビクトル・ブレジネフはいったい何者なんですかね。身内にロシア漁業公団の幹部がいるんでしょうか。それで、ロシアから輸入してる水産物の通関を他の業者よりも早くしてもらってるのかしら。だから、接待する必要があるんでしょうか？」

「入江、『北洋シーフード』は六年前に密漁された帆立貝を摑まされたよな」

「ええ、そうですね」

「それで損をしたんで、羽立はロシアとまともな取引はしないことにした。同様の被害に遭《あ》うかもしれないと疑心暗鬼に陥《おちい》って、ロシア海域で密漁された魚介類を買い付けるようになったんじゃないだろうか」

刈谷は、推測したことを口にした。

「密漁水産物を『北洋シーフード』が大手商社に納入してたことが発覚したら、危《ヤバ》いことになるでしょ？『五菱物産』の水産部は即刻、『北洋シーフード』との取引を打ち切るはずです。密漁された魚介類を買い付ければ、大儲けできるでしょうが、あまりにもリスキーすぎますよ」

「そうだな。『北洋シーフード』に密漁水産物を買い付けさせてるのは、『五菱物産』の織部常務なのかもしれないな。常務はエレーナとの不倫を極東マフィアに知られて、ロシア海域で密漁された鮭、鱈、黒鰈、毛蟹、タラバ蟹なんかを大量に引き取らされたんじゃないのか」

「そうだとしたら、『北洋シーフード』は織部に唆《そそのか》されて、汚れ役を引き受けたとも考えられますね」

「そうだな。ビクトル・ブレジネフというロシア料理店のオーナーシェフは、ロシアの密漁ビジネスに深く関わってる人物なんだろう。『北洋シーフード』の羽立副社長が接待してるというからな」

「ええ。そのオーナシェフは、極東マフィアの一員なのかもしれませんね」

「その可能性はあるな。本庁組対部《そたいぶ》は外国人マフィアの動向も把握してる。本多署長経由で、ビクトル・ブレジネフに関する捜査情報を取り寄せてもらおう」

「そのブレジネフが極東マフィアのメンバーなら、『五菱物産』の織部がエレーナを愛人にしてた弱みを脅迫材料にして、『北洋シーフード』の密漁魚介をそっくり買い取らせたのかもしれません。主任、読みが違いますかね？」

「いや、あり得るな」

「主任、織部と羽立が『レジェンド』から出てきたら、ちょっと揺さぶりをかけてみません？　二人はどうせシラを切るでしょうが、リアクションで悪事に手を染めてたかどうかは読み取れると思うんです」

　奈穂が提案した。

「入江、焦るな。相手はチンピラじゃないんだ。勇み足をして人権問題に発展したら、チームは解散に追い込まれかねない。当然、本多署長や新津隊長の立場も悪くなるだろう」

「もう少し慎重になるべきでしょうか」

「そんなにせっかちにならなくても、そのうち真相が透《す》けてくるさ」

刈谷は奈穂の肩を軽く叩いた。

それから間もなく、堀刑事からポリスモードに電話がかかってきた。

「西浦さんと一緒に小森舞衣の自宅近くで張り込んでるんすけど、里中若頭は『中野坂上エルコート』に現われないっすね」

「そうか。おまえが少し痛めつけた組員は、若頭に告げ口したんじゃないのか。それだから、里中は警戒して愛人宅に近寄ろうとしないのかもしれないぞ」

「そうなんすかね」

「十一時半になっても対象者《マルタイ》が姿を見せなかったら、張り込みを解除して塒《ねぐら》に戻ってくれ。おれたち二人は、銀座の高級クラブで飲んでる織部を外張《そとば》りしてるんだが、常務は目黒区青葉台《あおばだい》の自宅にまっすぐ帰るかもしれない。そうなったら、おれたちも捜査活動を打ち切るよ。明日、作戦を練ろう。お疲れさん！」

刈谷は通話終了キーを押した。

3

発煙筒が投げ込まれた。

築地《つきじ》にある『北洋シーフード』の本社ビルの一階ロビーに白煙が拡散《かくさん》しはじめた。

「発煙筒をエントランスロビーに投げ入れたのは、植え込みの中に逃げ込んだ黒いスポーツキャップを被った男だよ」

刈谷は、スカイラインの運転席の堀刑事に言った。自身は助手席に坐っていた。

「リストラ解雇された元社員が腹立ち紛《まぎ》れに発煙筒を投げ込んだんすかね？」

「まだ何とも言えないな」

「主任、発煙筒を投げた奴を取り押さえたほうがいいんじゃないっすか？」

「そんなことをしたら、おれたちが副社長の羽立の動きを探ってると覚《さと》られてしまうだろうが」

「あっ、そうっすね。自分の頭、まだ爆睡中なのかな。西浦さんを先に帰らせて、午前四時近くまで小森舞衣の自宅マンションを張ってたんすけど、結局、若頭の里中は愛人《レコ》の家に来なかった。ちょっと寝不足で、瞼が重ったるいっすよ」

堀が目を擦《こす》った。

「おれの指示に従って、張り込みを切り上げればよかったのに」

「そうなんすけど、なんとなく里中が舞衣の部屋を訪れるような気がしたんで、もう少し自分だけで粘ってみたんす。けど、空振りに終わったんすよね」

「おれたちの班も収穫はなかった。織部常務は午後十一時二十分ごろに『レジェンド』を出て、目黒区青葉台の自宅に戻った。『北洋シーフード』の副社長を尾《つ》けてたら、何か手がかりを得られてたかもしれない」

「そうっすね。主任から聞いた話だと、『北洋シーフード』はロシア海域で密漁された水産物を買ってるようっすから」

「それは、ほぼ間違いないだろう。それから、おそらく羽立保は赤坂のロシア料理店のオーナーシェフを介して極東マフィアと繋《つな》がりがありそうなんだ」

「そのビクトル・ブレジネフというロシア人に関する情報は、署長直属の日垣警部が集めてくれてるんすね？」

「そのはずだよ。今朝《けさ》九時過ぎに新津隊長に電話で頼んでおいたからな」

刈谷は言って、左手首のオメガに目を落とした。間もなく午後二時になる。

西浦・入江班は、『五菱物産』の本社ビルのそばで張り込み中だ。織部常務は社内から一歩も出る様子はないという報告を受けていた。

『北洋シーフード』の本社ビルから、青い制服姿のガードマンが走り出てきた。警備保障会社から派遣され、準大手の水産会社の本社ビルに詰めているのだろう。二十代の半《なか》ばに見えた。

植え込みの中から、スポーツキャップを被った男が躍《おど》り出た。その右手には刃物が握られている。ガードマンが身構えた。スポーツキャップの男が警備員に組みつき、コマンドナイフを首筋に寄り添わせた。刃渡りは十四、五センチだ。

「副社長の羽立をここに呼べ。おれの妹は副社長の契約愛人を一年間やってたんだが、約束を破られたんだ」

スポーツキャップを被った男が、大声で喚《わめ》いた。

「どんな約束だったんです？」

「アクセサリーショップの開業資金二千万円を妹は貰えることになってたんだよ。けどな、羽立は手切れ金として、たったの百万をくれただけらしい。ふざけた話だろうが！　おれの妹は虚仮《こけ》にされたんだ。だから、おれが話をつけに来たんだよ。早く受付嬢を呼んで、副社長に内線電話をかけさせろ！」

「少し冷静になってくださいよ」

「うるせえ。早く受付嬢に大声で指示しろっ」

「しかし……」

ガードマンが口ごもった。

次の瞬間、ガードマンが相手の利《き》き腕をホールドした。そのままスポーツキャップの男を跳ね腰で投げ飛ばす。

コマンドナイフが宙《ちゅう》を舞った。スポーツキャップの男が呻いて、腰に手を当てた。

「エンジンをかけて待機しててくれ」

刈谷は堀に言って、スカイラインから飛び出した。表玄関前まで一気に走る。

ガードマンが刈谷を見た。

「あなたは？」

「警察の者だよ。たまたま通りかかって、騒ぎを一部始終、見てた。犯人を署に連行する。いいね？」

刈谷は警察手帳の表紙だけを見せた。

「はい。お願いします。いま、刃物を……」

「いや、凶器には触らないでくれ」

「わかりました」

ガードマンが一歩退《さ》がった。刈谷はハンカチを抓《つま》み出し、コマンドナイフを摑み上げた。それから、スポーツキャップの男を引き起こす。

「勘弁してくれよ。おれは妹が羽立って副社長にいいように弄《もてあそ》ばれたことが腹立たしくて、一発殴ってやるつもりだったんだ。本気で金を毟《むし》る気なんかなかったんだよ」

「そっちの言い分は、署でゆっくりと聞いてやる」

「おたく、築地署の刑事なの？」

相手が問いかけてきた。刈谷はうなずき、ガードマンに顔を向けた。

「一階ロビーに転がってる発煙筒には誰も触らないようにしてもらいたいんだ」

「わかりました」

「後は警察に任せてくれ」

「よろしくお願いします」

若いガードマンが深々と頭を下げた。

刈谷はスポーツキャップの男の片腕を捉《とら》え、スカイラインまで歩かせた。男を後部座席に押し込み、その隣に坐る。

堀が心得顔でスカイラインを発進させた。最初の交差点を左折し、数百メートル先の裏通りで車をガードレールに寄せた。

「築地署とは、逆方向じゃないか。どういうことなんだよ⁉」

スポーツキャップの男が訝《いぶか》しんだ。

「おれたち二人が警察官であることは事実だが、場合によっては大目に見てやってもいい。そっちがガードマンに喋ってたことは、本当の話なのか？」

「ああ、事実さ」

「それじゃ、そっちの名前から教えてもらおうか」

刈谷は言った。

「葉月大輔《はづきだいすけ》、二十七だよ。職業はクラブのＤＪさ。四つのクラブで週単位でＤＪをやって、喰ってるんだ」

「妹のことを話してくれ」

「名前は、平仮名でまりえ。二十四歳だよ。銀座のクラブでホステスをやってる」

「働いてる店の名は？」

「並木通りにある『レジェンド』だよ。妹は、樹里って源氏名を使ってるんだ」

「奇遇《きぐう》だな。おれは昨夜《ゆうべ》、その店で軽く飲んだんだ。席に付いたのは樹里さんだったんだよ」

「へえ、そうなの。ドラマみたいな話だな」

葉月が目を丸くした。

「実は、おれたちは内偵調査で副社長の羽立保をマークしてたんだ」

「そうだったのか。羽立は若いホステスたちにおいしいことを言って、肉体を貪《むさぼ》りまくってたんじゃないの？　それで、約束の金というか、手切れ金は渡してなかったんじゃないのか。妹のまりえは、羽立っておっさんはそういう野郎だって言ってたよ。妹はアクセサリーショップの開業資金が欲しかったんで、変態プレイにも応じてやったらしい。契約愛人をしてるころは、いつも下のヘアを剃《そ》られっ通しだったんで、友達と温泉にも行かれやしないってぼやいてたよ」

「妹に頼まれて羽立を締め上げる気になったのか？」

「まりえに頼まれたわけじゃないよ。妹から羽立が約束を破ったことを聞いて、おれ、副社長のことを赦《ゆる》せない気持ちになったんだ」

「少し痛めつけて、羽立から約束の二千万円を脅し取る気だったんだろ？」

「できれば、そうしたかったね。妹はさんざん羽立に体を弄ばれたんだ。契約中の一年間は月に二十万ずつ払ってくれたらしいが、そんな額では割に合わないじゃないか。羽立は、銀座の若いホステスを何人も騙《だま》してたんだろうな。刑事さん、副社長をうーんと懲《こ》らしめてやってよ」

「おれたちは、そうした事案《じあん》で内偵捜査中だったわけじゃないんだ。『北洋シーフード』は、ロシア海域で密漁された水産物を買い付けてた疑いがあるんだよ。妹から、そういう話を聞いたことは？」

「一度もないな」

「そうか。妹は、どこに住んでるんだ？」

「麻布十番《あざぶじゅうばん》の賃貸マンションで暮らしてる。この時刻なら、部屋にいると思うよ。おれがやったことに目をつぶってくれるんなら、妹の自宅に案内してもいいけど」

「よし、取引成立だ」

刈谷は前屈《まえかが》みになって、堀の背を軽く叩いた。

スカイラインが走りだした。幹線道路はやや渋滞気味だったが、それでも二十五分ほどで目的地に着いた。葉月まりえの自宅マンションは、麻布十番商店街の裏手にあった。南欧風の外観の八階建てマンションだった。

表玄関はオートロック・システムにはなっていなかった。刈谷たち三人はエレベーターで五階に上がった。

葉月大輔が妹の部屋のインターフォンを鳴らした。ほどなくドアが開けられた。

部屋の主は刈谷の顔を見て、驚きの声をあげた。ラフな恰好をしている。

「きのう、お店に来られた野町さんですよね？　あなたがどうして兄と一緒にわたしのところに来たんですか⁉」

「野町というのは偽名なんだ。実は刑事なんだよ。『北洋シーフード』の羽立副社長を内偵中にきみの兄さんが……」

刈谷は経緯を話した。

「兄さん、そんなことをしてくれなんて頼まなかったのに」

「おまえがかわいそうだと思ったんで、少し羽立を痛めつけようとしたんだ。玄関先で立ち話もなんだからさ、刑事さんたちを部屋に入れてやれよ」

葉月が妹のまりえに言った。まりえがスリッパラックに手を伸ばす。

刈谷たち三人は入室した。間取りは１ＬＤＫだった。

「どうぞお掛けください」

まりえに促され、刈谷と堀は長椅子に並んで坐った。葉月はひとり掛けのリビング・ソファに腰かけた。

まりえが三つのゴブレットに手早くグレープフルーツ・ジュースを入れ、兄のかたわらに腰を落とした。

「気を遣《つか》ってもらって申し訳ない」

刈谷は、葉月まりえに軽く頭を下げた。

「いいえ。冷たいうちに召し上がってください」

「ありがとう。きみが一年間、羽立保と親密な関係であったことは事実なんだね？」

「はい。わたし、子供だったんですよ。契約愛人になってくれれば、一年後にはアクセサリーショップの開業資金として二千万円をくれるという話を真《ま》に受けてしまったんですから」

「羽立は同じ手を使って、銀座の女性たちを……」

「わたしが知ってるだけでも、七人のホステスが羽立の甘い話に引っかかってますね。その種の口約束は法的な効力がないわけだから、裁判沙汰《ざた》にはできないでしょ？」

「そうだね」

「引っかかった女性たちはわたしを含めて毎月二、三十万円のお小遣いを貰ってたわけだけど、うまく羽立に騙されたわけでしょ？　それだから、すごく頭にきたわ。でも、告訴もできないから、わたしは諦《あきら》めてたんですよ」

「まりえは、お人好《ひとよ》しすぎるよ。わずかな小遣いで、おまえはセックスペットにされてたんだぞ。兄貴として、おれは黙ってられなかったんだ」

葉月が妹に言った。

「兄さんの気持ちはわかるけど、羽立の会社に乗り込むのはまずいわよ」

「まりえ、悔《くや》しくないのかよっ」

「そりゃ、悔しいわ」

「まあ、まあ」

堀刑事が仲裁に入った。兄妹《きょうだい》はきまり悪そうに笑って、口を結んだ。

「羽立は、ロシア海域で密漁された水産物を買い集めてた疑いがあるんだよ。おそらく、現在も大量の魚介類を買い付け、『五菱物産』水産部に納入してるんだろう。その窓口は織部常務みたいなんだ。そのあたりのことを聞いてないかな?」

刈谷は葉月まりえに訊《たず》ねた。

「羽立は仕事に関することをわたしに話すことはありませんでした。でも、織部さんをお店でよく接待してたし、赤坂でロシア料理店をやってるビクトル・ブレジネフさんを連れてきてたんで、ロシア漁業公団の幹部に鼻薬をきかせて規制輸入量以上の水産物を買ってるんではないかとは思ってました」

「そう」

「密漁された魚介類を買い集めてたんなら、ブレジネフさんは漁業公団に顔が利くんではなく、ロシアの犯罪組織と結びついてるんじゃないのかしら。極東マフィアがサハリン沖のオホーツク海で密漁させてるって話をテレビのドキュメンタリー番組で知りましたから」

「ビクトル・ブレジネフに関しては、別の者が調べてるんだ」

「そうなんですか」

「きみは『五菱物産』の織部常務がエレーナ・ルッコイというロシア人ホステスと不倫の関係にあったことは知ってた？」

堀が口を挟んだ。

「そのことは、羽立から聞いたことがあります。でも、確かエレーナという女性は先月の上旬、新宿のホテルの一室で殺害されたんでしょ？　関東テレビの報道部記者と一緒にね」

「そうなんだ。捜査本部の調べによると、織部常務はエレーナとの仲を奥さんに知られることを恐れてたみたいだな。報道部記者はロシア海域で密漁された水産物が不正に輸入されてることを取材してたんだよ」

「ということは、その二人は『五菱物産』の織部常務に殺されたかもしれないんですね。織部さんにはアリバイがあるの？」

「アリバイはあるから、常務が実行犯ではないだろうね。犯罪のプロにロシア人ホステスとテレビ局の報道部記者を始末させたのかもしれないんだ。『北洋シーフード』の羽立副社長と織部常務が結託《けったく》してロシアの密漁水産物を何百万トンも買ってたとしたら、きみのかつてのパトロンが汚れ役を引き受けたとも考えられるよね」

「堀……」

刈谷は部下の言葉を遮《さえぎ》った。

堀が頭に手をやった。余計なことを不用意に喋ったことを悔やむ顔つきになった。

「刑事さん、おれのナイフはどうしたんです?」

葉月大輔が刈谷に問いかけてきた。

「ガードマンに気づかれないよう、車のドア・ポケットにそっと入れといた」

「ナイフ、返してほしいな。柄におれの指紋がべったり付着してるから、大目に見てやると言われても、なんか安心できないんだ」

「おれが適当に処分しといてやるよ」

「その言葉、信じてもいいのかな。後で銃刀法違反、器物損壊、暴行容疑で捕まりたくないんだ」

「その程度の犯罪で点数稼ぐ気はないよ」

刈谷は言って、グレープフルーツ・ジュースを少し吸い上げた。堀もゴブレットを持ち上げた。

「羽立保のスマホのナンバー、もう削除しちゃったかな?」

刈谷は部屋の主に問いかけた。

「いいえ、まだ削除してません。そのうち羽立を罵《ののし》ってやるつもりでいたんで……」

「それなら、ナンバーを教えてくれないか。おれが少し羽立をビビらせてやる」

「ぜひ、そうしてほしいわ」

まりえがサイドテーブルの上から、スマートフォンを摑み上げた。

刈谷は上着の内ポケットから私用のスマートフォンを取り出し、まりえに教えられた番号を登録しただけで、発信はしなかった。

それから間もなく、刈谷たちコンビは葉月まりえの自宅を辞した。エレベーターに乗り込むなり、堀が口を開いた。

「主任、何を考えてんすか?」

「葉月まりえの代理人に化けて、羽立保をどこかに誘《おび》き出そう。違法捜査になるが、相手は後ろめたいことをやってるんだろうから、警察に被害届《タレ》を出さないだろう」

「悪知恵が回るんっすね」

「もう少し遠慮した言い方をしろ」

刈谷は苦く笑って、函《ケージ》から出た。二人は外に出ると、スカイラインに駆け寄った。

車内に乗り込む。助手席のドアを閉めた直後、新津隊長から電話がかかってきた。

「少し前に日垣警部から報告があったんだが、ヴァニノというサハリンと向かい合ってる大陸の港町で生まれ育ったビクトル・ブレジネフはガキのころから素行が悪かった。十七歳のときに家出をしてハバロフスクの鉄工所で働いてたんだが、地元の不良グループに入って、悪さを重ねてた。その後、ウラジオストク、ナホトカと流れ、二十六歳のときにサハリンに渡ってる」

「サハリンでは何をやってたんです？」

「トラック運転手をやってたんだが、荒れた生活をしてたんだろう。ユジノサハリンスクを縄張りにしてる『ドゥルジバ』という犯罪組織入りしてからは麻薬や銃器の密売、密航の手助け、密漁水産物の闇輸出に関わってたようだ」

「日本に住みついたのは？」

「十二年前だ。赤坂の田町通りのロシア料理店のオーナーシェフということになってるが、その素顔は極東マフィアだろうな。本庁の組対部《そたいぶ》は、そう見てるそうだ。おそらく、ビクトル・ブレジネフは極東マフィア『ドゥルジバ』の日本支部のボスなんだろう」

「ブレジネフの店には、不良ロシア人たちが集まってるんでしょうね」

「そういった連中だけでなく、一般の在日ロシア人男女、大使館員、パイロット、キャビン・アテンダントなんかも通ってるそうだ」

「そうですか。極東マフィアの一員であるブレジネフと織部学や羽立保は親しくしてるようだから、『北洋シーフード』が密漁水産物を大量に買い付け、『五菱物産』の水産部に納入してると見てもいいでしょう」

「そうだね。日垣警部は、ついでに歌舞伎町の『ハバロフスク』のオーナーが大庭敏之《おおばとしゆき》、四十六歳であることを確認してくれたよ」

「ロシアン・クラブの経営者は、どんな人物なんです？」

刈谷は訊いた。

「大庭は、モスクワ大学に留学したことのある売れない翻訳家だそうだ。ロシア語がペラペラなんで通訳の仕事で生計を立ててたようなんだが、七年前にウクライナ人の妻と別れてしまったんで、子どもの養育費を払う必要に迫られて借金をし、『ハバロフスク』を開いたようだよ」

「経済的に余裕のない翻訳家兼通訳がどうやって開業資金を調達したんだろうか。その点が謎ですね。隊長、大庭敏之はダミーの経営者かもしれませんよ」

「そうだとしたら、真のオーナーはビクトル・ブレジネフなんではないか。あるいは、在日ロシア人実業家なんだろうか。『ハバロフスク』の経営には、極東マフィアの『ドゥルジバ』が関与してそうだな」

新津が自問自答した。

「真のオーナーは、そのうちわかるでしょう」

「そうだろうね。何か進展はあったのかな?」

「ええ、少し」

刈谷は経過を隊長に伝え、ポリスモードを私物のスマートフォンに持ち替えた。さきほど打ち込んだ羽立のスマートフォンのナンバーをディスプレイに表示させる。

刈谷は発信した。

スリーコールで、通話可能状態になった。

「羽立だが……」

「おれは葉月まりえの代理人だ。最初に断っておくが、おれは堅気じゃないぜ。あんたはまりえを一年ほど契約愛人にして、別れる際《さい》にはアクセサリーショップ開業資金の二千万円を渡すと言ったらしいじゃないか。しかし、その約束を反古《ほご》にした。おれは、手切れ金の回収を頼まれたんだよ」

「そう言ったことは、うっすらと憶《おぼ》えてる。しかし、それはピロートークだよ。ベッドの上での約束なんかを真《ま》に受けるなんて、まりえも稚《おさな》いな」

「あんたがそう言った晩、おれの依頼人は寝室にＣＣＤカメラを仕掛けてたんだ」

刈谷は平然と嘘をついた。

「ほ、本当なのか⁉」

「もちろんだ。あんたは依頼人の恥毛をきれいに剃り落として、変態プレイに興《きよう》じてた。あの映像をネットに流したら、あんたは『北洋シーフード』の副社長でいられなくなるだろうな」

「その映像データを譲ってくれないか。二千万円で買い取る。その金を葉月まりえに渡せば、おたくも回収の謝礼を得られるだろう」

羽立が言った。

「あんたは、すんなり依頼人に二千万円を払わなかった。その罰金をプラスしてもいいんじゃないのか」

「いくら出せばいいんだ？」

「四千万円と言いたいとこだが、一千万円プラスするだけで勘弁してやろう」

「足許を見おって」

「三千万円払う気がないんだったら、あんたの人生は暗転するぜ」

「三千万円はなんとか用意する。しかし、金を集めるまで数時間はかかるだろう。それぐらいの時間は貰えるんだろ?」

「ああ、また電話する。そのとき、三千万円の受け渡し場所と時刻を指示するよ」

刈谷は通話を切り上げた。

4

夕闇が濃い。

周囲に人影は見当たらなかった。大井埠頭《ふとう》中央海浜公園である。

刈谷は、西側に位置している〝なぎさの森〟に立っていた。時刻は六時半に近い。

部下の堀刑事は背後の森の中に隠れていた。広大な自然公園の東側には、テニスコート、野球場、陸上競技場などがある。

運河沿いには人工海辺が一キロほどつづき、釣りや磯遊びを満喫できる。日中は、いつも人の数が多い場所だった。

だが、いまは人影は目に留《と》まらない。刈谷は人目のない場所で羽立保を締め上げる気になって、この自然公園を指定したのだ。

午後六時半に落ち合うことになっていた。

『北洋シーフード』の副社長が三千万円の現金を携えてくるかどうかはわからない。そのことはどうでもよかった。

葉月まりえの代理人と称したが、本気で金をせしめる気はなかった。羽立が金を出し惜《お》しんだら、単独では指定した場所には現われないだろう。金で雇った荒っぽい男たちを引き連れてくるにちがいない。

そのことは予想できた。しかし、刈谷はまったく怯《ひる》んでいなかった。現職の警察官だし、ミネベア社がライセンス生産しているシグ・ザウエルP230JPを携行していた。

刈谷はセブンスターに火を点けた。

二口《ふたくち》ほど喫《す》いつけたとき、薄闇の向こうから近づいてくる人影が見えた。大きなスポーツバッグを提《さ》げている。いかにも重そうだ。中身は札束だろうか。

刈谷は煙草を長く喫いつけた。自分のいる場所を羽立に教えたわけだ。

接近してくる男が歩度《ほど》を速めた。羽立保に間違いない。

「約束の時刻に遅れなかったな。おれが葉月まりえの代理人だ。自己紹介は省《はぶ》かせてもらう」

「三千万円を持ってきた。映像データと引き換えに金は渡すよ」

「取引は中止だ」

刈谷はセブンスターを足許に落とし、靴底で火を踏み消した。

「駆け引きする気だな。汚いぞ。三千万円以上は出さん！」

「勘違いするな。あんたから三千万を貰わなくてもいいんだ」

「ええっ⁉　わけがわからんな」

「貸金や未払い金の回収屋をいつまでやってても、ビッグにはなれない。おれは、あんたのもっとでっかい弱みを調べ上げたんだよ」

「でっかい弱みだって？」

羽立が問い返し、黒いスポーツバッグを地べたに置いた。

「ああ、そうだ。『北洋シーフード』は、ロシア海域で密漁された魚介を年間何百万トンも買い付けてるなっ」

「おい、うちの会社は準大手の水産会社なんだぞ。ロシアの魚介は買い付けてるが、どれも正規の水産物だけだよ。怪しげなブローカーみたいなことはしてない」

「おれは、いろいろ証拠を押さえてるんだよ。『北洋シーフード』の不正輸入のことをマスコミにリークすりゃ、あんたの会社は倒産することになるだろう」

「はったりなんか通用しないぞ」

「ずいぶん強気だな。こっちは、何もかも知ってるんだ。あんたの会社はロシア海域で獲《と》れた水産物を『五菱物産』の水産部にそっくり納入してる。あんたと織部常務が癒着《ゆちやく》してることもわかってるんだ。ウインウインだから、魚介類の不正輸入はやめられないよな？」

「わたし自身も会社も、後ろ暗いことは何もしてない」

「それなら、織部学も紀尾井町の老舗料亭や銀座の『レジェンド』でちょくちょくもてなす必要もないだろうが！　あんたは、ビクトル・ブレジネフも高級クラブで接待してる」

「そんなことまで……」

「ブレジネフは赤坂のロシア料理店のオーナーシェフを表の貌《かお》にしてるが、実は極東マフィア『ドゥルジバ』の幹部のひとりだ。日本に組織の拠点を作って、支部を取り仕切ってるんだよな。ロシア海域の密漁水産物の闇取引に極東マフィアが深く関わってることは、いまや公然たる秘密だ」

「何か誤解してるようだな」

「ふざけるな。あんたは大手商社の常務に唆されて、ロシアの密漁水産物を買い付けるようになったのかい？　それとも織部常務とエレーナ・ルツコイとの不倫を脅迫材料にして、不正輸入した魚介類を『五菱物産』の水産部にそっくり買い取らせてるわけか。織部の会社も大きな利益を得られるんで、あんたたちの黒い関係はつづいてるんじゃないのかっ。どっちなんだ？」

刈谷は前に踏み出した。羽立が反射的に退《さ》がって、大声で救いを求めた。

暗がりから、すぐに二人の男が飛び出してきた。どちらも大柄で、筋肉質の体躯《たいく》だ。ともに三十歳前後だろう。

「回収屋と称してる男をぶちのめして、正体を吐かせてくれ」

羽立が男たちに言って、後方に逃《のが》れた。

二人組が間合《まあ》いを詰めてくる。荒《すさ》んだ印象は与えない。『北洋シーフード』の社員たちなのかもしれない。

刈谷は自然体を崩さなかった。

「おたく、企業恐喝屋なんじゃないか。経済やくざは屑《くず》だ。おれは高一のときから、七年間ラグビーをやってきたんだ。負けないぞ」

右側にいる男が頭を下げ、闘牛のように突進してきた。

刈谷はサイドステップを踏んで、横蹴りを見舞った。相手が横倒しに転がった。すかさず刈谷は前に跳び、倒れた男の顎を蹴り上げた。肉と骨が鳴った。

「きさまーっ」

もうひとりの男が右手を大きく引いた。ロングフックを繰《く》り出すつもりなのだろう。

刈谷はステップインして、相手のパンチを左腕で払った。ほとんど同時に、相手の胃《ストマック》と肝臓《レバー》にダブルパンチを叩き込む。

相手が腰を折り、前屈みになった。その姿勢のままで頽《くずお》れる。

「役立たずめ！」

羽立が二人の男を罵倒し、身を翻《ひるがえ》した。その向こうには、堀刑事が待ち構えている。

羽立が棒立ちになった。

堀が無言で羽立に組みつき、右腕を捩《ねじ》上げた。羽立が痛みを訴える。

刈谷はショルダーホルスターから、シグ・ザウエルＰ230ＪＰを引き抜いた。ハンマー露出式の中型拳銃だ。ダブルアクションで、銃把《グリップ》の左側面上部に手動式の安全弁が装備されている。

刈谷は安全弁を外し、元ラガーマンに近寄った。撃鉄《ハンマー》を親指の腹で搔《か》き起こし、銃口を相手の側頭部に突きつける。

「おまえら二人は、『北洋シーフード』の社員らしいな」

「そ、その拳銃はモデルガンじゃなさそうだが……」

「真正《しんせい》拳銃さ。おれが引き金を絞れば、おまえは即死だろう」

「う、撃たないでくれ。いや、撃たないでください。わたしと横内《よこうち》は社員です。あっ、わたしは有馬《ありま》といいます。羽立副社長に手を貸してくれと言われたんで、車で一緒にここにきたんですよ。おたくには、なんの恨みも悪意もなかったんです」

「有馬、だらしないぞ」

横内が同僚を詰《なじ》った。

「そういうけど、おれは銃口を押し当てられてるんだぞ。仕方がないだろうがっ」

「おまえとおれは、同期の中で出世が遅れるな。副社長のお力になれなかったんだからさ」

「出世なんかより、命のほうが大事だよ！」

有馬が語気を強めた。横内は何か反論したげだったが、言葉は発しなかった。

「おまえらは、そのまま腹這《はらば》いになってろ」

刈谷は二人の男に言って、ゆっくりと立ち上がった。利き腕を堀に捩上げられた羽立が掠《かす》れた声で呟いた。

「ピストルなんか持ってるんだから、おたくらは筋者なんだな」

「これと同じ型《タイプ》の拳銃を持ってるヤー公はいないはずだ。シグ・ザウエルＰ230ＪＰは刑事用だからな」

　刈谷は羽立に目を移した。

「おたくら、刑事だったのか⁉」

「実は、そうなんだよ。所属チームは明かせないが、先月五日の夜に西新宿のホテルで殺されたエレーナ・ルツコイと関東テレビの報道部記者の井出健人の事件の捜査を支援してるんだ」

「信じられない。刑事がわたしの部下たちをぶちのめして、ピストルを取り出したんだからな。本当は偽刑事なんだろ？」

「おれたちは特別に荒っぽい捜査を認められてるのさ」

「警察手帳を見せてくれなければ、おたくの言葉は信じられない」

　羽立が言った。刈谷はハンドガンを左手に移し、懐から警察手帳を取り出した。表紙だけを羽立の顔の前に突き出す。

「偽刑事じゃないみたいだな」

「おれの質問に素直に答えないと、この拳銃をわざと暴発させるぞ。言ってる意味は理解できるよな？」

「暴発したってことにして、わたしを撃ち殺すって意味なんだろう？」

「そういうことだ」

刈谷は警察手帳を上着の内ポケットに戻し、中型拳銃を持ち替えた。銃口を向けると、羽立は後ずさった。

「密漁水産物を買い付けるようになったきっかけを喋ってもらおうか」

「『五菱物産』の織部常務にそうしてくれないかって頼まれたんだよ。買い付けた魚介類はそっくり織部さんの会社が引き取ってくれるという条件だったんで、危ない橋を渡る気になったんだ。水産部の統括責任者はわたしなんで、社長や会長にお伺《うかが》いを立てなくても取引先は決められるんだよ」

「正規の輸入ルートよりも、密漁された魚介類はずっと安く買い付けられるんだろ?」

「正規品の約半値だね。オホーツク海上で水産物を受け取らせてるんだよ、複数の下請け漁船にね。その荷を東北沖の海上で我が社の貨物船に積み替えさせてるんだ」

「赤坂でロシア料理店を経営してるビクトル・ブレジネフは、極東マフィア『ドゥルジバ』の日本支部のリーダーなんだろ?」

「そのあたりのことはよくわからない」

「死んでもいいと思いはじめたらしいな」

「本当のことなんだ。サハリンの『ドゥルジバ』が密漁ビジネスを仕切って、向こうの漁業公団の偉いさんたちに袖の下を使ってることは確かだが……」

「織部常務はエレーナを愛人にしてる弱みにつけ込まれて、極東マフィアに密漁水産物を迂回《うかい》する形で買い取れと脅迫されたのか？」

「そうかもしれないが、関東一心会室岡組の里中という若頭にそうしろと強要されたのかはっきりしないんだよ。織部さんの浮気相手のエレーナは、室岡組の縄張り内にある『ハバロフスク』というロシアン・クラブでホステスをしてたんだ」

「そのことは知ってる。その店は室岡組にみかじめ料を払おうとしなかった。それに腹を立てた里中満信が子分を連れて、ホステスに厭《いや》がらせを繰り返してた。里中からセクハラを受けたエレーナは堪忍袋の緒が切れたんで、若頭の顔面に飲みかけの酒をぶっかけたことがある。おれたちは、そのことも調べ上げてる」

「そうなのか。やはり、織部常務は里中に脅迫されて、ロシアの密漁水産物を買い取れって命じられたのかもしれないな。おそらく関東一心会は極東マフィアと繋《つな》がりがあるんだろうが、表に出ることを嫌ったんだろう」

「それで織部学をビビらせて、『北洋シーフード』を買い付け業者に仕立てさせた？」

「多分ね」

「あんたの話には矛盾があるな」

「えっ、どこに？」

「エレーナが里中を怒らせたのは、そんなに前のことじゃない。『北洋シーフード』はそれよりも以前から、ロシア海域で密漁された魚介類を買い付けてたはずだ」

「ビクトル・ブレジネフさんを怒らせるとまずいことになると思ったんで、とっさに極東マフィアを庇《かば》ったんだが、里中という若頭がエレーナに腹を立ててたことは確かだよ」

羽立が言った。そのすぐ後、堀刑事が沈黙を破った。

「里中は下っ端組員二十七人が不正に生活保護費を受け取ってた件で関東テレビの井出記者に告発されることを恐れてたはずっすから、まだ本部事件の容疑者のひとりっすよ。エレーナにも『ハバロフスク』で恥をかかされてるっすよね？」

「そうだな」

「関東一心会が『五菱物産』の織部常務に密漁水産物の買い取りを強要したとは考えにくいっすけど、里中が八月五日の事件《ヤマ》に絡んでる疑いはあるっすよ」

「まだ里中はシロとは断定できないな」

刈谷は部下に言って、羽立に命じた。

「織部に電話をして、ここに誘《おび》き出してくれ」

「そ、そんなことはできない。常務を警察に売ったりしたら、わたしも捕まってしまうからな」

「おれたちが警察関係者だとは言うな。密漁水産物を買い付けてることをブラックジャーナリストに知られて、口止め料を要求されたという作り話をするんだ。その件で緊急に会いたいと言って、この公園で待ってると話してくれ」

「常務に怪しまれる気がするな」

「いいから、電話するんだ」

「わかったよ」

羽立が上着の内ポケットに手を突っ込んで、スマートフォンを取り出した。刈谷は銃口を地面に向けた。

羽立は一度しかタップしなかった。織部の電話番号は短縮ナンバーで登録されているようだ。二人は密《みつ》に連絡を取り合っているのだろう。

電話が繋がった。羽立は言われた通りに喋った。通話は二分足らずで終わった。

「織部常務は少し怪しんでる感じだったが、小《こ》一時間でこっちに来ると言ってた」

「そうか」

「おたくらは織部さんを締め上げて、『ドゥルジバ』との関係を喋らせるつもりなんだろうけど、極東マフィアは手強《てごわ》いよ。連中は捨て身で生きてるから、警察も暴力団も恐れてないんだ。ブレジネフさんも笑顔を絶やさないいんだが、いつも目は笑ってない。ぞっとするほど冷たい光を放ってる」

「おれたちは社会の治安を守ってるんだ。相手がどんなに極悪人でも、野放しにしておくわけにはいかない」

刈谷はシグ・ザウエルＰ230ＪＰをホルスターに収め、西浦律子の刑事用携帯電話《ポリスモード》を鳴らした。ツーコールで、通話可能状態になった。

「織部は社内から一度も出なかったんでしょ？」

「そうなのよ。奈穂と本社ビルの出入口二カ所を注視してるんだけど、外に出てこなかったわ」

「そうですか。間もなく対象者《マルタイ》は大井埠頭中央海浜公園に来るでしょう」

刈谷はそう前置きして、事の経過を伝えた。

「織部がそっちに向かったら、わたしたちは追尾を開始するわよ」

「お願いします」

「海浜公園で合流したら、四人で織部をとことん追及しようよ。わたしの勘では、織部常務は本部事件の首謀者に見当がついてるんだと思うわ。でも、そのことを口外したら、自分も消されてしまうと考えてるんじゃないのかな？」

「そうなんでしょうか」

「今夜中に落着するといいね」

シングルマザー刑事が明るく言って、先に電話を切った。刈谷は、折り畳んだポリスモードを懐に戻した。

三十分が過ぎた。

刈谷は、ふたたび律子に電話をかけた。

「織部は、いっこうに外に出てくる気配がないのよ。刈谷ちゃん、どうなってるの？」

「常務は羽立の声の感じが普段と違うんで、罠《わな》の気配を嗅ぎ取ったのかもしれませんね」

「そうだったら、ずっと出てこないだろうな。刈谷ちゃん、どうする？　四十女のわたしの色仕掛けには引っかからないだろうけど、奈穂が色目を使えば、織部はハニートラップに引っかかりそうだわね。その手で対象者《マルタイ》をホテルの一室に誘い込んじゃう？」

律子が言った。

「本気で言ってるんですか⁉」

「うん、半分は本気よ。いくつになっても、男は女の誘いに弱いじゃないの。だから、ハニートラップに嵌《は》まると思うわ」

「しかし……」

「相手は五十代後半だから、密室に入るなり、奈穂を押し倒したりしないと思うわよ。それに、彼女は少林寺拳法の有段者だから、心配ないって」

「その手は避けましょう。織部が警戒して海浜公園に来ないようだったら、別の作戦で追い込みましょうよ」

刈谷は通話を打ち切り、自分の甘さを嘲《あざけ》った。

第三章　不審な極東マフィア

1

罠は見破られてしまった。

刈谷は、そう確信を深めた。すでに午後八時を回っている。織部が姿を見せる様子はなかった。

「常務は急用ができたんで、こっちに来るのが遅れてるのかもしれないな。もう一度、電話をしてみよう」

羽立が地面に胡坐《あぐら》をかいたまま、上着の内ポケットからスマートフォンを取り出した。

彼の横には、二人の部下が坐り込んでいる。有馬と横内は両脚を前に投げ出していた。

二人とも、少し前まで羽立副社長と同じように胡坐をかいていた。同じ坐り方をしていたせいで、疲れてしまったようだ。

「織部はスマホの電源を切ってるんじゃないっすかね?」

堀が言った。

「そうかもしれないな」

「織部常務は今夜、会社に泊まり込む気なんじゃないっすか。職場を出たら、何か危《ヤバ》いことになるだろうと本能的に感じ取ってね。主任、『五菱物産』に乗り込んだほうがいいんじゃないっすか、羽立の旦那を連れて」

「少し時間をくれ。ベストな作戦を考えてみるよ」

刈谷は口を閉じた。

ちょうどそのとき、羽立がスマートフォンを耳から離した。

「電話はメッセージセンターに繋がったね。伝言を入れようと思ったけど、やめたんだ。どうせ織部さんは、この海浜公園に来る気はないんだろうから。常務はわたしの身に異変が起こってることを察したようだ。我が身がかわいいいんだろう。ビジネスだけで結びついてる関係は脆《もろ》いな」

「立場が逆だったら、あんただって逃げてたんじゃないのか?」

「そうかもしれないが、うちの会社は危ない思いをしながら、『五菱物産』水産部の年商を飛躍的に伸ばしてあげたんだ」

「恩着せがましいことは言えないだろうが！　『北洋シーフード』も密漁水産物を不正輸入して、おいしい思いをしてきたんだから」

刈谷は言った。羽立が、ばつ悪げに笑った。

数秒後、刑事用携帯電話が着信音を響かせた。刈谷は羽立たち三人から三メートルほど離れ、ポリスモード《ポリスモード》を取り出した。

電話をかけてきたのは新津隊長だった。

「捜査本部は、別件で室岡組の里中若頭を逮捕《パク》るようだ。もちろん、狙いは本部事件に関係してるかどうか取り調べることだろう」

「里中が臭いという心証が強まったんですかね？」

「日垣警部の情報によると、本庁の連中は署の持丸刑事課長に振り回されてるらしい。持丸は第一期捜査が終わった段階で部下たちとともに規則通りに捜査本部を離脱したんだが、その後も単独で密《ひそ》かに八月五日の事件《ヤマ》を調べ回ってたそうなんだよ」

「そうなんですか」

「刑事課長は、里中はエレーナに『ハバロフスク』で恥をかかされてたことを根に持ってたはずだと主張してるらしい。それから、生活保護費の不正受給の件で関東テレビの井出記者のことを疎ましく思ってたにちがいないんで、犯行動機は充分にあると本庁殺人犯捜査五係と六係に説《と》いて回ったようだ」

「で、捜査本部《チョウバ》は別件容疑で里中を検挙《アゲ》る気になったわけですか。引きネタで捜査対象者を引っ張るのは、邪道ですよ」

「本多署長とこっちも刈谷君と同じ考えなんだが、本庁の担当管理官はベテランの持丸刑事課長の顔を立てる気になったんだろうな。あの管理官は古参のノンキャリアに嫌われたら、出世の妨《さまた》げになると考えてる節《ふし》があるからね」

「それにしても、別件逮捕はフェアではありません。相手が社会的地位の高い堅気なら、引きネタで身柄《ガラ》は押さえられないでしょ？　そんなことをしたら、当人だけではなく、マスコミが騒ぎます」

「ああ、そうだろう。里中がやくざなんで、引きネタを使うことになったんだろうな」

「隊長、別件容疑は何なんです？」

刈谷は訊《たず》ねた。

「銃刀法違反容疑だってさ。持丸課長は、関東一心会と対立してる神戸連合会の下部団体《エダ》の幹部の証言で里中を捕まえるべきだと桜田門から出向いてる担当管理官に進言したみたいだな。里中は、護身用の二発撃てるアメリカ製のデリンジャーをいつも持ち歩いてるらしいんだよ」

「関西の極道たちが東京のやくざと露骨に反目し合うようになりましたんで、デリンジャーを携行するようになったんでしょう。しかし、その幹部が持丸課長にそう話したとしても、それが事実かどうかわかりませんよね？」

「そうだな。持丸課長が虚偽情報《ガセネタ》に踊らされてたら、警察の失態になる。次の人事異動で持丸は降格されるだろうが、それで事は収《おさ》まらない。本庁捜一と新宿署もイメージダウンになる」

「そうですね。もう別件逮捕は避けられないんでしょうか？」

「本庁八係の捜査員たちが室岡組の事務所と里中の家《ヤサ》に向かったそうだ。だから、阻止は難しいだろうな」

「でしょうね」

「刈谷君、その後の動きは？」

新津が問いかけてきた。刈谷は経過を語った。

「織部常務は、密漁水産物の件で『北洋シーフード』の羽立副社長が企業恐喝屋かブラックジャーナリストに自由を奪われてると感じ取ったんだろうか。そうではなく、捜査の手が自分に伸びてきたと思ったのかね」

「後者なら、すぐに会社から逃げ出すでしょう」

「そうか、そうだろうね」

「新津さん、羽立の身柄を日垣警部に引き渡したほうがいいでしょうか。それとも、しばらく泳がせます？」

「泳がせたほうがいいね。羽立は本部事件には深く関わってないようだから、捜査本部に引き渡しても有力な手がかりは引き出せないだろう。刈谷君、そうしてくれないか」

新津が言って、電話を切った。刈谷はポリスモードを懐に戻すと、羽立に声をかけた。

「織部は、もう来ないだろう。二人の社員を連れて引き揚げてもいいよ」

「無罪放免にしてくれるのか⁉」

羽立が顔を明るませ、勢いよく立ち上がった。

「水産物の不正輸入については後日、別の捜査員が取り調べることになる」

「そういうことか」

「札束の詰まったスポーツバッグを持って帰れよ。金は嫌いじゃないが、現職刑事が恐喝《カツアゲ》をするわけにはいかないからな」

「それもそうだ」

「織部から後であんたに電話がかかってくるかもしれないが、おれたち二人が警察の人間であることは絶対に喋るな。余計なことを言ったら、あんたの罪を重くするぞ」

「織部さんには黙ってるよ、おたくたちの正体については」

「副社長と一緒に消えろ」

刈谷は、有馬と横内を等分《とうぶん》に見た。二人は、ほぼ同時に立ち上がった。羽立がスポーツバッグを持ち上げる。

三人はひと塊《かたまり》になって、海浜公園から出ていった。

「隊長から聞いたんだが、捜査本部は室岡組の若頭を別件容疑で検挙する気らしい」

刈谷は堀に詳しいことを教えた。

「持丸課長は自分の直感を信じるタイプっすから、里中が本部事件に関与してると睨んだんっすね。里中がエレーナにブランデーをぶっかけられたことで根に持ってたとは思うっすよ。けど、若頭《カシラ》まで出世したんだから、後先のことを考えるんじゃないっすか？」

「だろうな。末端の組員か流れ者にロシア人ホステスと関東テレビの報道部記者を始末させて殺人教唆罪で服役することになるのは、損だと考えると思うよ」

「ええ。ただ、武闘派のヤー公たちはおっさんになっても血の気《け》が多いっす。そう考えると、若頭の里中がシロだとも言い切れないんすよね」

堀が呟くように言った。

会話が中断したとき、入江奈穂から刈谷に電話があった。

「対象者《マルタイ》がようやく職場から出てきました。織部常務は伊達眼鏡《だてめがね》をかけてソフト帽を被り、少し前に会社の近くでタクシーに乗り込みました。現在、尾行中です」

「西浦さんがプリウスを転がしてるのか?」

「そうです。ずっと外張《そとば》りをしてたんで少し眠くなってきただろうと言って、わたしと運転を代わってくれたんですよ」

「そうか。で、タクシーは大井町《おおいまち》方面に走ってるのか?」

「いいえ、赤坂方面に進んでます」

「わかった。おれたち二人も都心に向かう。織部がタクシーを降りたら、その場所を教えてくれ。西浦・入江班に合流するから。いったん電話を切るぞ」

刈谷は通話終了キーを押し、堀刑事に通話内容を伝えた。

二人は海浜公園の外周路に向かって駆けはじめた。スカイラインに乗り込む。堀がただちに車を走らせはじめた。

渋谷区内に入ったとき、ふたたび奈穂から刈谷に電話があった。

「タクシーは、四谷《よつや》三丁目交差点の少し手前の荒木町《あらきちょう》で停まりました。織部は、外苑東《がいえんひがし》通りに面した鮨屋《すしや》に入っていきました。店の屋号は『笹《ささ》鮨』です」

「対象者《マルタイ》は誰かと落ち合ったのかな」

「そうです。なんと織部常務は、室岡組の里中満信と店内で落ち合ったんですよ」

「なんだって⁉　入江、間違いないんだな？」

「ええ、確かです。西浦さんと一緒に店内を覗いてみましたんでね。二人は小上《こあ》がりで向かい合ってました。初対面という感じじゃなかったな。西浦さんも同じことを言ってました」

「そうか」

「主任、どういうことなんでしょう？　『五菱物産』の織部常務は浮気相手のエレーナと縁を切る気になったんですかね。でも、エレーナは別れたがらなかった。それで常務に奥さんと別れて、自分と再婚してほしいと迫《せま》ったんでしょうか？」

「そうなんだろうか。しかし、織部は妻と別れたら、世間体が悪くなるんで、強引にエレーナと別れようとした。裏切られた思いのエレーナは脅迫めいた言葉を吐いたんだろうか」

「そうだったとしたら、織部は不倫相手をこの世から消したくなるかもしれませんね。それで、織部はエレーナと関東テレビの井出記者の始末を室岡組の里中に依頼したとは考えられないかしら。里中は、井出記者に二十七人の組員に生活保護の不正申請をさせた事実を知られてるでしょ？」

「そうだが、里中は若頭まで出世したんだ。本部事件の被害者たちにいい感情を持ってなかったとしても、代理殺人を引き受ける気になるだろうか」

「そう言われると、里中が織部の頼みをすんなり引き受けたとは考えにくいですね」

「里中は、織部が羽立と結託して密漁水産物を大量輸入してることを強請《ゆすり》の材料にしてたのかもしれないぞ。荒木町の鮨屋で、口止め料を受け取るつもりなんじゃないのか」

「ええ、そうなのかもしれませんね。あっ、あれは……」

「入江、どうした？」

「前方から覆面パトカーがやってきたんですが、新宿署《うち》の車輛みたいなんですよ」

「捜査本部の人間が里中を別件で引っ張るつもりなんだろう。入江、西浦さんにプリウスをすぐ脇道に入れてもらってくれ」

「はい」

「荒木町に急ぐが、里中が別件容疑で引っ張られたら、おれに教えてくれないか」

刈谷は通話を切り上げ、堀に奈穂の報告を手短に話した。

「里中は、魚介類の不正輸入の件で大手商社から巨額の口止め料をせしめる気になったんじゃないっすかね。自分、そう思えてきたっすよ」

「そうだったとしたら、里中はそのうち『北洋シーフード』からも、多額の口止め料を脅し取る気でいるんだろう」

「おそらく、そうっすよ」

　堀が車の速度を上げた。最短距離で荒木町をめざす。

　スカイラインがＪＲ信濃町《しなのまち》駅の横を通過して間もなく、刈谷の刑事用携帯電話が鳴った。手早く上着の内ポケットから、ポリスモードを取り出す。またもや発信者は奈穂だった。

「ついさきほど里中が連行されました。織部は捜査車輌の中で事情聴取されてます」

「そうか」

「事情聴取が終わったら、わたしたちは織部を尾行したほうがいいんじゃないですかね。里中と接触した理由がわかるかもしれませんから」

「いや、尾行はしないでくれ」

「なぜですか？」

「捜査本部の捜査班の者が織部の動きを探るはずだ。その連中に怪しまれたら、チームの存続が明るみになってしまうだろう。それだけは避けたいんだよ」

「ええ、わかります。西浦さんとわたしは、署の十階に戻ったほうがいいのかしら？」

「そうしてくれないか。堀とおれも、いったんアジトに戻る」

刈谷は電話を切った。

「里中は別件で引っ張られたようっすね？」

「そうらしい。織部は事情聴取を終えたら、帰宅を許されるだろう。入江は西浦さんと一緒に織部を尾行する気でいたようだが、捜査本部《チヨウバ》の者に姿を見られるとまずいんで、アジトに戻れと指示しておいたよ」

「賢明な判断っすね。隠れ捜査のことを部外者に知られたら、何かと面倒になるっすから」

「そうだな。署に向かってくれ」

「了解！」

堀が短く応じ、すぐに進路を変えた。

新宿署に戻ったのは、およそ二十五分後だった。刈谷・堀班はスカイラインを地下二階の車庫に置くと、十階に上がった。

刈谷は先に捜査資料室に入った。

すると、資料棚の向こうで新津隊長と日垣警部が話し込んでいた。日垣は部外者の目を欺《あざむ》くため、数年前に発生した強盗殺人事件の調書の綴《つづ》りを小脇に抱えている。

刈谷は資料棚を回り込んで、二人に近づいた。新津が振り返った。

「ご苦労さん！」

「里中はデリンジャーを持ち歩いてました？」

「いま日垣君から取り調べの結果を教えてもらってたんだが、里中は丸腰だったよ。別班が里中の自宅も捜索したというんだが、二連式超小型護身銃は見つからなかったそうだ」

「持丸刑事課長は虚偽情報《ガセネタ》を信じて、ポカをやったことになるわけでしょう？」

刈谷は日垣に顔を向けた。

「そうだね。本庁の面々も勇み足をしたことになる。持丸さんに振り回されて、ちょっと気の毒だな」

「日垣さん、里中は荒木町の『笹鮨』で織部常務と二人だけで会ってたようなんですが、企業恐喝の疑いはあったんですか？」

「室岡組の若頭は、関東一心会の企業舎弟《フロント》の運送会社に何か仕事をさせてくれないかと売り込んでただけだと供述し、恐喝は全面的に否認したそうだよ」

「織部は鮨屋の近くで事情聴取を受けたようですね？」

「そうなんだ。織部常務は里中の話は真実だと繰り返したらしいが、終始、うつむき加減だったという話だったね。何かで里中に大手商社は強請《ゆす》られていたと疑えるが、状況証拠だけでは地検に送致することはできない」

日垣が言った。

「ええ、そうですね。銃刀法違反でも立件不能ということになりますから、間もなく里中は釈放になるんでしょ？」

「もうじき帰宅を許されるそうだよ」

「そうですか。毎回、日垣さんには手がかりをいただいてるんで、チーム全員が感謝してるんですよ。ありがとうございます」

刈谷は頭《こうべ》を垂れた。

「やめてくれないか。わたしは恩のある本多署長の力になりたくて、自分にできることをやってるだけだよ。チームのみんなにそう感じてもらえるなんて、望外の喜びだな。今後もベストを尽くすつもりだ」

「世話になるだけでは申し訳ないんで、近々、うまい酒と料理でもてなします」

「そんな心遣いは無用だよ」

日垣は照れた顔で事件調書を資料棚に戻すと、新津に目礼して捜査資料室を出ていった。

「日垣警部は、自分の目標の先輩なんですよ。優秀な警察官でありながら、決して驕《おご》ることはありません」

「そうだな」

「正義漢ぶって、理想論をむやみに口にすることもない。他人の悲しみや憂《うれ》いに敏感だが、これ見よがしの思い遣《や》りは示さない。スタンドプレイと受け取られそうな言動はしないんだが、温かみが伝わってくる。まさに漢《おとこ》っすよね？」

「きみも好漢だよ」

「隊長、焼肉でも奢《おご》りましょうか」

「先に戻った女性刑事たちも空腹なようだから、わたしがみんなにうまい焼肉をご馳走しよう」

新津が言って、奥の秘密刑事部屋に向かった。堀が近寄ってきて、小声で言った。

「隊長の気が変わらないうちに、自分、焼肉レストランに予約を入れておくっすね」

「図体がでかくても、おまえは小者だな。焼肉ぐらいで、ガキみたいに嬉しがるなって。腹がパンクするまで、おれが上カルビでも何でも喰わせてやるよ」

「主任、そんなことを不用意に言っちゃっていいんすか？　自分の上着のポケットの中で、ＩＣレコーダーが作動してるんすよ」

「救いようのない野郎だな。情けないほど小者だね。でも、おれは堀を大事な仲間だと思ってるよ」

「本当っすか？」

「ああ。おれも小者だから、同類は嫌いになれないんだ。今夜は隊長の奢りで、焼肉パーティーだな。堀、死ぬまで喰おう」

「優しいな、主任は。自分、主任に惚れちゃいそうっすよ」

「気持ち悪いこと言うなって」

「あっ、誤解っす。男が男に惚れるって意味っすよ。おれ、ゲイじゃないっすから」

「わかってるよ。早く来い、小者の大男！」

刈谷は部下を明るく茶化して、大股で奥に進んだ。

2

邸宅街に入った。

目黒区青葉台だ。渋谷に近い場所だが、閑静だった。まだ午前七時前である。

刈谷はスカイラインの速度を落とし、左右の豪邸の表札を確かめはじめた。織部宅は近くにあるはずだ。

「きょうは食事を抜かないと、一、二キロ体重が増えそうだな」

助手席で、西浦律子が言った。

「おれも焼肉をたらふく喰いましたよ。新津隊長の奢りだから、がっついたわけじゃないんですがね」

「極上《ごくじょう》のお肉は、いくらでも食べられる。奈穂は品よく食べてたけど、堀なんか食べまくってたわ」

「隊長、五万以上は払ったはずです。そのうち、おれ、返礼しておきます」

「刈谷ちゃん、そこまで気を遣《つか》うことはないわよ。隊長はわたしたちよりも俸給がいいんだし、シングルなんだからさ。それに、上司じゃないの」

「そうなんですが……」

「刈谷ちゃんは俠気《おとこぎ》があるから、三人の部下が奢られっ放しじゃ気が引けちゃうのよね？」

「ええ、まあ」

「カッコいいよ、刈谷ちゃんは。美人写真家に惚れられるのはわかるな」

「おれが彼女に先に惚れたんですよ」

「あら、のろけられちゃったか」

「すみません！」

「謝ることないわよ。ちょっとジェラシーを感じちゃうけどね。一応、わたしも独身女だからさ」

「西浦さんも恋愛すべきだな」

刈谷は言った。

「そうすべきなんだろうけどさ、娘の父親のことを嫌いになって遠ざかったわけじゃないんでね」

「恋の残り火が燃えくすぶってるわけですか」

「わたしと彼の話はやめよう。どうにもならないんだからさ。それより、堀と奈穂の二人は里中の家《ヤサ》にしっかり張りついてるかな」

律子が話題を変えた。切ない気持ちになったのだろう。

「あいつらは、ちゃんと任務を果たすでしょう」

「うん、そうだろうね。織部は事情聴取で里中に仕事をさせてくれと頼まれただけで、脅迫されてはいないと繰り返したらしいけど、密漁水産物を『北洋シーフード』経由で買い取ってることを恐喝材料にされたんだろうな」

「おれは、そう見てます」

「そうなんだろうね。でも、そのことを喋ったら、織部は身の破滅だから……」

「捜査本部の者には、本当のことは言えなかったんでしょうね」

「そうなんだと思う。この時刻なら、まだ織部は自宅にいるにちがいないわ。わたしたちは本庁殺人犯捜査八係の刑事を装って、織部に揺さぶりをかけるのね？　そのことを確認しておきたかったの」

「ええ、そういう段取りで対象者《マルタイ》に当たりましょう」

刈谷は口を閉じ、運転に神経を集中させた。

それからスカイラインを二百メートルあまり走らせると、右手に織部宅があった。豪邸だった。敷地は二百坪近くありそうだ。

庭木が多い。奥まった所に、洋風の二階家が建っている。家屋は大きかった。

刈谷は、織部宅の斜向《はす》かいの家の生垣《いけがき》の際《きわ》にスカイラインを停めた。

律子が先に助手席から降り、織部宅に足を向ける。刈谷は急いで車から出た。律子が織部宅のインターフォンを鳴らした。

ややあって、スピーカーから中年女性の声が流れてきた。

「どちらさまでしょう？」

「警察の者です。失礼ですが、織部学さんの奥さまでしょうか」

「はい、早苗《さなえ》です」

「ご主人はいらっしゃいますね」

律子が確かめた。

「いいえ、外出しております」

「もう会社に行かれたんですか？」

「そうではないんです。きのうの夜、帰宅してから車で出かけて、まだ戻ってきていないんですよ」

「行き先は、ご存じなんでしょ？」

「それが……」

「ご存じではない？」

「は、はい。夫は『ちょっとドライブしてくる』と言い残して、レクサスに乗り込んだんです。一、二時間で家に戻るだろうと思っていたのですが、朝になっても帰宅しなかったんですよ」

「ご主人のスマホをコールしてみました？」

「何回も電話をかけました。ですけど、本人は電話に出ませんでした。電源は入ってるんですけどね。伝言を残したんですけど、コールバックはありませんでした」

織部の妻が黙り込んだ。不安が膨《ふく》らみ、次の言葉を紡《つむ》ぎ出せなかったのかもしれない。

織部学は妻には何も知らせず、高飛びする気になったのではないか。

刈谷は、とっさに思った。水産物の不正輸入のことが表沙汰になったら、常務は安泰《あんたい》ではいられなくなる。たとえ会社ぐるみの不正だとしても、水産部の統括責任者の罪は大きい。

織部は悪い予感を覚えて、姿をくらます気になったのだろうか。昨夜、事情聴取を受け、パニックに陥ったのかもしれない。逃亡する気になったとしてもおかしくはないだろう。

刈谷はそこまで考え、さらに思考を巡らせた。

水産物の不正輸入のことが発覚したとしても、それで無期懲役の判決が下《くだ》されるわけではない。有罪判決が下されても、執行猶予が付くはずだ。仕事と社会的地位を失うことになっても、まだ再起は可能だ。

しかし、誰かにエレーナ・ルツコイと井出健人を葬らせているとしたら、まともな社会復帰は難しいだろう。織部は殺人教唆罪で起訴されることを恐れ、高飛びする気になったのかもしれない。

「奥さん、インターフォン越しの遣《や》り取《と》りでは不都合なことも出てくるでしょうから、ポーチまで入れていただけません？」

律子が小声で頼んだ。

「夫は何か法律に触れるようなことをしてしまったのでしょうか」

「そのことも含めて奥さんに伺いたいことがあるんですよ」

「わかりました。リモコンで門扉《もんぴ》のロックを解除しますので、どうぞポーチまで……」

スピーカーが沈黙した。

刈谷たち二人は邸内に入り、石畳のアプローチをたどった。広いポーチに上がったとき、玄関のドアが開けられた。

応対に現われた織部早苗は五十二、三歳で、気品があった。

ただ、色気はほとんど感じられない。高圧的で、あまり面白みのない女性なのだろう。

それだから、夫の織部はロシア人女性に気を移したのではないか。

刈谷たちコンビは警察手帳の表紙だけを短く見せ、おのおの平凡な姓を騙《かた》った。

「玄関ホールの横に応接間がありますの。そこで、お話を伺います」

織部の妻が刈谷に目を当てながら、緊張した面持《おもも》ちで言った。

「三和土《たたき》に入れていただければ、それで結構ですよ」

「それでは失礼でしょうから……」

「すぐにお暇《いとま》しますんで、玄関で充分です」

刈谷たちは三和土に滑り込んだ。優に六畳の広さはあった。玄関ホールも広い。

早苗が玄関マットの上に正坐した。律子が少しうろたえ、すぐに屈《かが》み込んだ。

「『五菱物産』の水産部は、ロシア海域で密漁された魚介類を『北洋シーフード』に年に数百万トンも買い付けさせ、それらの水産物をそっくり納入させてる疑いがあるんですよ」

刈谷は律子の横にしゃがみ込むなり、言いにくいことを口にした。

「夫の会社は、そんなことをしているのですか⁉　まったく知りませんでした。織部は、家では仕事に関することは一切《いっさい》話さなかったものでしたので」

「そうですか。先月の五日の夜、ロシア人ホステスと関東テレビの報道部記者が西新宿のホテルの一室で殺害されたんです。無理心中に見せかける偽装工作がされてたんですが、他殺と判明したんです」

「その事件のことは知っています。まさか夫が誰かにその二人を殺させたんではないんでしょ？」

「と思いたいですよね。ですが、その疑いはゼロではないんですよ。殺された報道部記者は水産物の不正輸入を取材してましたし、ご主人はロシア人ホステスが働いてた店によく通われてたんです」

「そうなんですか。そのホステスさんと夫は親密な関係だったのかしら?」

「いいえ、そういう間柄ではありませんでした」

律子が即座に否定した。思い遣りだろう。

「殺された女性は、夫の浮気相手じゃなかったのね。よかった」

「ですけど、ご主人は亡くなったロシア人女性をよく指名してたそうですから、酔った弾みで密漁水産物のことをうっかり喋ってしまったかもしれないんですよ」

「夫は口を滑らせてしまったんでしょうか」

「その点については、未確認なんですよ。仮にロシア人ホステスが魚介類の不正輸入のことを恐喝材料にしてたとしたら、ご主人には犯行動機があるってことになります」

「待ってください。夫は出世欲が強いほうですが、ちゃんと分別は弁《わきま》えてます。誰かに弱みを握られたとしても、その相手を誰かに始末させるなんてことは考えられません」

織部早苗が律子を睨みつけた。

「気分を害されたようですが、ご主人が姿をくらましたことが妙に気になるんですよ」

「そうでしょうけど」

「ご主人の居所に見当はつきませんかね?」

刈谷は手で律子を制し、先に訊いた。

「夫の名古屋の実家と大阪に住んでる義弟に電話をしてみたんですけど、どちらにもいませんでした。幾人かのお友達にも問い合わせてみたんですが、どこにも夫はお邪魔してませんでした」

「そうですか。別荘はお持ちですか?」

「河口湖《かわぐちこ》のそばの鳴沢《なるさわ》村に山荘がありますけど、管理事務所の方に午前五時前にうちのセカンドハウスを覗いてもらったんです。でも、誰もいない様子だったということでした。ガレージにも車は入ってなかったらしいんです」

「そうなんですか」

「きょうの夕方まで夫と連絡が取れなかったら、わたし、警察に捜索願を出します。もし織部が殺人事件に関与してたら、出頭するよう説得します」

「お願いします。参考までに別荘の所在地を教えていただけますか」

「山荘には行ってないと思いますよ」

早苗はそう言いつつも、セカンドハウスの所在地を明かした。律子が住所を手帳に書き留《と》めた。

刈谷たち二人は、ほどなく織部宅を辞した。

表に出ると、律子が口を開いた。

「織部は、どこに身を潜めてるんだろうか」

「西浦さん、山梨の鳴沢村に行ってみましょう」

「別荘の管理事務所の人が織部家のセカンドハウスを見に行ったら、誰もいないようだったらしいじゃないの」

「織部はマイカーを別荘から少し離れた場所に隠して……」

「山荘の中にそっと入り、息を潜めてる？」

「ええ、もしかしたらね。堀・入江班に特に動きがないようだったら、おれたちは鳴沢村に行きましょう」

刈谷はスカイラインに駆け寄り、運転席に乗り込んだ。少し遅れて律子が助手席に坐る。

刈谷は堀のポリスモードを鳴らした。ツーコールで、電話は繋がった。

「堀、そっちに動きはないな？」

「ないっす。里中は自宅にいるっすよ。そちらは、どうっす？　織部に揺さぶりをかけたんすか？」

堀が問いかけてきた。刈谷は経緯を伝えた。

「そういうことなら、織部は山梨の別荘に潜伏してるのかもしれないっすね。ホテルや旅館に泊まり歩くよりも、自分のセカンドハウスにいたほうが何かと安心っすから」

「そうだな」

「自分らは若頭の動きを探ってみるっすよ。何か動きがあったら、すぐ主任に電話するっす」

堀が電話を切った。

刈谷はポリスモードを懐に仕舞《しま》い、車のエンジンを始動させた。シフトレバーに手を掛けたとき、人影が音もなく忍び寄ってきた。

暴漢か。

刈谷は身構えながら、横を向いた。

スカイラインの真横に立っているのは、新宿署の持丸刑事課長だった。律子が驚きの声をあげる。

刈谷は内心の狼狽《ろうばい》を隠して、努《つと》めて平静にパワーウインドーを下げた。

「捜査資料室の人間が、なんで聞き込みなんかしてるんだっ」

持丸が詰問口調で言った。

「聞き込み？　おれたち、そんなことはしてないが……」

「こっちは見てたんだよ、二人が織部宅から出てくるとこをな」

「織部さんのことが心配になったんで、ちょっと訪ねたんですよ。昨夜《ゆうべ》、織部さんは捜査本部の連中に事情聴取されたんでしょ？　荒木町の鮨屋で室岡組の里中若頭と会ってたんで」

「な、なんで刈谷がそんなこと知ってるんだ⁉」

「新宿署《うち》の捜査本部に出張ってきてる本庁の刑事から聞いたんですよ。別件で里中を引っ張ったほうがいいと進言したのは、あんたなんだって？」

「あ、あんただと⁉」

「職階は同じ警部なんだから、気に喰わない相手に敬語を遣う必要はないでしょ？　おれは、あんたの部下じゃない」

「刈谷、なめんなよ」

「気やすく呼び捨てにしないでもらいたいな」

「くそっ。捜査資料室の奴らは何かこそこそ動いてるようだが、まさか隠れ捜査をしてるんじゃないだろうな」

「おれたちが現場捜査なんかできるわけないでしょ？　織部さんの奥さんは、おれのおふくろの知り合いなんだ。それで、様子を見に来たんですよ」

「西浦も一緒に来る必要があるのか。おかしいじゃないか」

「わたしは、織部早苗さんと同じ生け花教室に通ってたんですよ」

律子が澄ました顔で話を合わせた。

「見え透いた嘘をつくんじゃない」

「そうやって他人《ひと》の言葉をやたら疑うのは、心が歪《ゆが》んでるんじゃないのかな。わたし、そう思うわ」

「おい、西浦！　おまえ、おれに喧嘩売ってるのか！」

「おまえ呼ばわりしないでくれないかな。わたし、おたくの女房でも彼女でもないんだから」

「二人とも車から降りろ！」

「あんたこそ、なんで織部宅のあたりをうろついてるんです？　二期捜査に入る前に、署の強行犯係は捜査本部を離れたはずだがな」

刈谷は言い返した。一拍置いて、持丸が言い訳する。

「きょうは非番だ。こっちは織部が何かで里中に弱みを握られて強請られたと見てる。だから、事情聴取で事実を話せなかったにちがいない」

「織部さんの弱みって何なのかな？」

「その質問にいちいち答える義務はない。おまえらは、現場捜査にタッチしてないんだからな。しかし、表向きは捜査資料室のスタッフってことになってるだけで、実は上層部の特命で隠れ捜査みたいなことをやってるのかもしれないな。刈谷、どうなんだ？」

「テレビの刑事ドラマには架空の特殊チームがいろいろ出てくるが、どれも虚構《フィクション》だ。おれたちは過去の事件調査を整理して、調書を閲覧《えつらん》させてるだけだって。他人を疑ってばかりいると、そのうち友人がひとりもいなくなるんじゃないかな」

刈谷はギアをＤ《ドライブ》レンジに入れ、アクセルを踏み込んだ。スカイラインは、見る見る持丸から遠ざかった。

「刑事課長は、チームの存在を薄々ながらも気づいてる感じね」

律子が不安顔になった。

「かもしれませんね。おれたちがとことん空とぼければ、別に厄介なことにはならないでしょう」

「そうだね」

「中央自動車道を使って、河口湖方面に向かいます」

刈谷は甲州《こうしゅう》街道に向かった。

中央自動車道の下《くだ》り線に乗り入れ、大月ＪＣＴ《おおつきジャンクション》から河口湖ＩＣ《インターチェンジ》をめざす。河口湖

ＩＣの料金所を抜けたのは、およそ一時間二十分後だった。

国道一三九号線を青木ヶ原《あおきがはら》樹海方面に短く走り、富士《ふじ》スバルラインと並行している県道に入る。富士山の北麓《ほくろく》を数キロ進むと、河口湖カントリークラブが見えてきた。

その右手に、別荘地が拡《ひろ》がっている。織部のセカンドハウスは、別荘地の外れにあった。

刈谷は別荘地の外周路を少し走ってみた。

すると、黒いレクサスが路上に駐《と》めてあった。律子がナンバー照会をする。思った通り、織部の車だった。

「常務がセカンドハウスに潜伏してるのは、間違いありませんよ」

刈谷は律子に言って、車を別荘地の中に入れた。洒落《しやれ》た造りの山荘が連《つら》なっている。一区画の土地面積は二百坪前後だろう。

夏休みが終わったせいか、別荘地は思いのほか人影が少ない。ひっそりと静まり返っている。織部のセカンドハウスは造作なく見つかった。スカイラインを山荘の五、六十メートル先に停め、コンビはシートから腰を上げた。

できるだけ足音を殺しながら、織部の別荘に接近する。二人は丸太の柵《さく》を潜り抜け、庭の中に無断で足を踏み入れた。

自然林を取り込んだ庭のところどころに白樺《しらかば》が植え込まれている。刈谷たちは中腰でサンデッキに近づき、居間に目をやった。

厚手のドレープ・カーテンで閉ざされ、室内は見えない。サッシ戸の内錠は掛けられているだろう。ガラスを割って建物の中に押し入るわけにはいかない。

「鍵のかかってない扉があったら、そこから侵入しましょう」

刈谷はシングルマザー刑事に言って、家屋の裏側に回った。

そのとたん、警報音がけたたましく鳴り響いた。防犯装置のセンサーに捕捉《ほそく》されてしまったようだ。刈谷は律子に目配せして、裏の雑木林に走り入った。律子も倣《なら》った。二人は灌木《かんぼく》の背後に隠れた。息を殺す。

一分ほど経過すると、山荘の二階の窓が開けられた。

織部が窓から首を突き出し、庭を覗き込む。刑事たちに潜伏先を突きとめられたと思ったのか、すっかり蒼《あお》ざめていた。

織部は窓から出て、一階の屋根に降りた。

瓦《かわら》屋根ではない。歩いても、ほとんど音はたたなかった。織部は十四、五メートル横に移動すると、腹這いになった。庭から自分の姿は見えないと思ったようだ。

織部は、そのまま十五分ほど動かなかった。

耳をそばだてている様子だ。センサーが誤作動《ごさどう》したと判断したらしく、急に織部は身を起こした。そのとき、体のバランスが崩れた。織部は横倒しになり、そのまま屋根から転げ落ちた。一瞬の出来事だった。庭で落下音がした。

刈谷は律子と顔を見合わせた。

二人は相前後して立ち上がり、雑木林の斜面を駆け降りた。柵を抜けて、織部の別荘内に入る。

刈谷たちは庭に回った。

織部は、姫沙羅《ひめしゃら》の巨木の根方《ねかた》に横向きに倒れていた。首が奇妙な形に捩《ねじ》れている。頸骨《けいこつ》が折れてしまったようだ。

「おい、大丈夫か？　すぐに救急車を呼んでやる」

刈谷は大声で呼びかけた。

しかし、返事はない。刈谷たち二人は織部に駆け寄って、交互に体を軽く振り動かしてみた。それでも、なんの反応もなかった。

刈谷は、織部の右手首を握った。温《ぬく》もりはあるが、脈動は伝わってこない。

「もう生きてないのね？」

律子が問いかけてきた。刈谷は黙ってうなずき、天を仰《あお》いだ。織部から大きな手がかりを得られると思っていた。残念だ。

「別にわたしたちが悪いわけじゃないわ。織部は運が悪かったのよ。刈谷ちゃん、そう思うことにしよう?」

「そうですね」

刈谷は相槌《あいづち》を打って、静かに立ち上がった。後味の悪さは当分、拭《ぬぐ》えそうもなかった。

3

灰色のプリウスが視界に入った。

チームの車は、里中宅の数軒手前の民家の石塀に寄せられている。

刈谷はプリウスの二十数メートル後方にスカイラインを停めた。エンジンを切る。

鳴沢村から東京に舞い戻って、堀・入江班と合流したのだ。午前十一時前だった。織部がセカンドハウスの屋根から落ちて死んだことは、電話で堀に伝えてあった。

刈谷は織部の山荘を出てから、公衆電話で一一九番した。自分のスマートフォンやポリスモードを使うわけにはいかなかった。後味の悪さは、まだ尾を曳《ひ》いていた。

「ちょっと堀たちんとこに行ってきます」

刈谷は助手席の律子に断って、スカイラインを降りた。ごく自然な足取りで歩き、プリウスの後部座席に乗り込む。

「予想外の展開になったっすね。まさか織部が転落死するなんて思ってもみなかったっすよ」

運転席の堀が上体を捩《ねじ》った。助手席の奈穂が無言で大きくうなずく。

「織部がいなくなったわけだから、室岡組の若頭を締め上げるほかない。里中は一度も外出してないのか？」

刈谷は堀に訊いた。

「部屋住みの若い衆二人にガードさせながら、午前九時前に里中はセント・バーナード犬を散歩させたっすよ。ボディーガードたちは丸腰じゃなかったでしょう。だから、入江と里中に迫ろうと思ったんじゃないんすか。でも、番犬どもが焦《あせ》って発砲したら、通りかかった者に流れ弾《だま》が当たるかもしれないでしょ？」

「そうだな」

「だから、自分らは車から飛び出さなかったんすよ。な、入江？」

「ええ、そうなんです。里中が織部と荒木町の鮨屋でなぜ会ったのかを聞き出すチャンスだと思ったんだけど、市民を巻き添えにはできませんでしょ？」

「おまえらの判断は正しかったよ。里中は飼い犬を散歩させただけで、後は自宅から出なかったんだな？」

「はい」

「四人で里中宅を見張ってても、もったいないな。おれは西浦さんと一緒に『ハバロフスク』のオーナーってことになってる大庭敏之の自宅に行く。エレーナが働いてた店には、おそらく極東マフィアの息がかかってるんだろう」

「『ハバロフスク』の本当のオーナーは、ビクトル・ブレジネフと考えてもいいんじゃないかしら？　売れない翻訳家はダミー経営者なんだと思います」

奈穂が言った。

「多分、そうなんだろう。エレーナは、極東マフィアが密漁した水産物を『北洋シーフード』に不正輸出してる事実を警察かマスコミにリークするとブレジネフを脅迫したのかもしれないな。関東テレビの井出記者は、密漁水産物の不正輸入のことを取材してた」

「ええ、そうですね。ビクトル・ブレジネフが本部事件の首謀者と疑えなくはありませんね」

「ああ。里中が出かけたら、すぐ教えてくれ。頼むぞ」

刈谷は二人の部下の顔を交互に見て、プリウスを降りた。スカイラインに戻り、運転席に入る。

「西浦さん、大庭に会いに行きましょう」

「極東マフィアの『ドゥルジバ』が捜査本部事件に絡んでるかどうか探りに行くわけね？」

「そうです」

「里中も怪しいけど、極東マフィアも疑えるね。刈谷ちゃん、行こう」

律子がシートベルトを締めた。

刈谷はスカイラインを発進させた。翻訳家兼通訳は、渋谷区初台《はつだい》二丁目にある賃貸マンションに住んでいる。車は住宅街を通り抜け、山手《やまて》通りに入った。甲州街道を突っ切り、右手にある初台二丁目に達した。

「おれは情報屋になりすまそうと思ってるんですよ。ある人間が『ハバロフスク』に関することを知りたがってるということにして、大庭に小遣いを渡してやるつもりです」

「そういうことなら、わたしは車の中で待機してたほうがよさそうね。情報屋が女連れだったら、怪しまれるだろうからさ」

「そうですね。おれひとりで、大庭の部屋を訪ねます」

刈谷は車を『初台スカイコーポ』の脇に停めた。六階建ての古ぼけた賃貸マンションだった。

刈谷はスカイラインを降り、マンションの中に足を踏み入れた。エレベーターで三階に上がり、三〇一号室のインターフォンを鳴らす。

少し待つと、男の声で応答があった。酒気《しゅき》を帯びた声だった。

「誰かな？」

「翻訳家の大庭先生でいらっしゃいますね？　わたし、翻訳家エージェントの中村《なかむら》と申します」

刈谷は、とっさに思いついた嘘を澱《よど》みなく喋った。

「大庭だが、ぼくは売れない翻訳家ですよ。五冊目の訳書が刊行されたのは三年前で、初版の四千部は半分も売れなかったらしいんだ。翻訳印税ではとても食べられないんで、主に通訳の仕事で糊口《ここう》を凌《しの》いでるんです」

「先生の訳は素晴らしいですよ。ちゃんとした日本語訳になってない翻訳本が多いんですが、先生の文章力は光ってます」

「そう言ってもらえると、とても嬉しいな。しかし、ロシア文学の翻訳依頼は少ないんですよ」

「ええ、そうでしょうね。でも、海外ミステリーを多く手がけてる月山書房《がっさん》がロシア人作家の短編アンソロジーを出す企画があるんです。全八編を先生に訳していただければと思って、お願いに上がった次第なんです。四六判で初刷りは五千部ですが、大きな実績になると思います」

「そうだね。ちょっと話を聞かせてもらおうか」

大庭の声が途切れた。すぐに部屋のドアが開けられた。売れない翻訳家は明らかに酔っていた。足許が覚束《おぼつか》ない。

「初めまして、中村です。うっかり名刺入れを別の上着のポケットに入れておいたのを忘れてしまって、きょうは……」

「名刺なんて、どうでもいいんだ。フリーで、翻訳家エージェントをやってるんでしょ？」

「ええ、そうです。朝から飲んでらっしゃるようですね。何かいいことがあったんですか？」

「何もいいことがないんで、自棄酒《やけざけ》を飲んでたんだ。ま、上がってください」

「お邪魔します」

刈谷は入室した。間取りは１ＬＤＫだった。

リビングに通される。ガラストップのテーブルには、ウオッカのボトルとグラスが載《の》っていた。チーズの皿も見える。

二人はテーブルを挟んで向かい合った。

刈谷は後ろめたさを覚えながらも、偽の翻訳依頼をした。いきなり情報屋だと称したら、大庭に不審がられると思ったからだ。

「二カ月ほど時間をもらえれば、八編を訳出できると思う」

「よろしくお願いします。近々、月山書房の編集長と改めて挨拶に伺います」

「そう。前祝いをしないとね。中村さんもウオッカをどう？」

「せっかくですが、これから三人の翻訳家と会うことになってるんですよ。酔っぱらったら、仕事の話はできませんので」

「そういうことなら、無理強《じ》いはしません。失礼して、ぼくだけ……」

大庭はグラスに強い酒を注いだ。

「三十年以上も出版不況がつづいてるんで、作家や翻訳家の方たちは経済的に大変だと思います」

「喰うために通訳の仕事をしてるんだが、翻訳家で早く生計を立てたいね。英米語の翻訳だけで生活してる人は二十人ほどいるみたいなんだが、ロシア語のプロ翻訳家はほんの数人だろう。そんなひとりになることが、ぼくの夢だったんだ。現実は厳しかったけどね」

「大庭さんはウクライナ出身の奥さんと七年前に離婚されたようですね？」

「そうなんだよ。別れたエカテリーナは気のいい女なんだが、娘のマリアにひもじい思いをさせることに耐えられなくなったんだろう。それで元女房は翻訳家になる夢を諦めて、サラリーマンになってくれと言うようになったんだ」

「そうですか」

「妻子を養う義務はあるんだけど、ぼくは夢を捨てることができなかったんだよ。それだから、通訳の仕事をするようになったわけさ。でもね、ロシア語の通訳の依頼はいつもあるわけじゃない。だから、エカテリーナは娘のマリアを保育所に預けて、縫製《ほうせい》工場で働くようになったんだ」

「内助の功ですね」

「彼女がぼくを支えてくれたことには感謝してたんだ、心からね。それと同時に、自分の腑甲斐《ふがい》なさに自己嫌悪に陥り、酒に逃げてしまったんだ。エカテリーナには、ぼくがヒモみたいな怠《なま》け者に映ったんだろうね」

「そのころから、夫婦仲は……」

刈谷は訊いた。

「どっちもストレスを溜め込んでたんで、毎晩、罵り合うようになったんだ。そして、七年前に別れることになったんだよ」

「お嬢さんは、いま何歳なんです？」

「十一歳だよ。元妻と一緒に暮らしてるんだが、生活は楽じゃないはずだ。エカテリーナの体調が悪くなったんで、ちょくちょく仕事を休むようになって給料がぐっと少なくなったらしい。だから、ぼくはマリアと元妻を餓死させるわけにはいかないんで、不本意ながらも通訳の仕事もやるようになったんだ」

「実はわたし、翻訳家エージェントの収入が不安定なんで、情報屋もやってるんですよ」

「情報屋もやってるって⁉」

大庭は驚きを隠さなかった。

「ええ、そうなんですよ。あなたは、歌舞伎町のロシアン・クラブ『ハバロフスク』のダミーの経営者なんでしょ？」

「ち、違う。ぼくは、そんな店とはまったく関わりがないよ」

「大庭さん、あなたが名義を貸して少しばかり稼いでることを口外したりしませんよ。ある人物が『ハバロフスク』のことを知りたがってるんです」

「き、きみは何者なんだ⁉　翻訳家エージェントじゃないな、本当は」

「それは嘘じゃないんです。本業だけでは生活が楽じゃないんで、いろんな情報を集めてマスコミ関係者に売ってるんですよ」

刈谷は懐から札入れを取り出し、万札を十枚抜き出した。大庭の視線が刈谷の手許に注がれた。金に困っているようだ。

刈谷は、重ねた札束を大庭の前に置いた。

「あなたには迷惑はかけませんよ。誰に頼まれて『ハバロフスク』の表向きのオーナーになったんです？」

「それは……」

「赤坂でロシア料理店を経営してるビクトル・ブレジネフに頼まれたんでしょ？」

「そこまでわかってるのか⁉」

「やっぱり、そうでしたか。ブレジネフが極東マフィア『ドゥルジバ』の日本支部を仕切ってることも知ってらしたのかな？」

「それは知ってたよ。でも、名義を貸すだけで月々五十万円も貰えるとブレジネフさんに言われたんで、協力する気になったんだ。ああいった連中とは関わりを持ちたくなかったんだが、マリアが大学を出るまでは養育費を払うとエカテリーナに約束してたんでね。仕方がなかったんだよ」

大庭がウオッカを呷《あお》り、眉間《みけん》に皺《しわ》を寄せた。

「店には定期的に顔を出してたんですか？」

「週に一度、ちょっと店を覗いてくれとブレジネフさんに言われてたんだ。オーナーが店に寄りつかなかったら、いろんな人に怪しまれるからと……」

「サハリンに本部がある『ドゥルジバ』がロシア海域で密漁した海産物を年間数百万トンも『北洋シーフード』に流してることは知ってるでしょ？」

「買い手のことまでは知らないが、『ドゥルジバ』が密漁した魚介類を日本の水産会社や商社に売って利益を上げてることは……」

「知ってたんですね？」

「ああ」

「極東マフィアのダーティー・ビジネスはそれだけじゃないんでしょ？」

「日本に住んでるロシア人の知り合いから聞いた話だが、『ドゥルジバ』は暴力団に麻薬や銃器を密売し、さらにロシア人、ウクライナ人、ベラルーシ人女性たちの密入国を請け負ってるらしいよ。その真偽はわからないけど、根も葉もないことじゃないだろうな」

「でしょうね。あなたは、先月の五日に殺されたエレーナ・ルツコイさんのことはよく知ってたんでしょ？」

「個人的なつき合いはなかったけど、週に一度は『ハバロフスク』で会ってたから、顔馴染《かおなじ》みだったよ。彼女の本名はオリガ・クルチナで、ウラジオストクの貧しい家庭で育ったせいか、人一倍、金銭欲が強かったな。オリガは売れっ子ホステスとして高い給料を貰ってたのに、大手商社の常務の愛人だったんだ」

「そのパトロンは『五菱物産』の織部学常務だったんでしょ？」

「なんでも知ってるんだな。その通りだよ。オリガは愛人だけじゃなく、店の休みの土・日に何かバイトをやってたみたいなんだ。ホステス仲間がそう言ってたよ」

「そのホステスの名は？」

「ソーニャ・レーピンだよ。出身地がナホトカと近いんで、オリガとは親しくしてたね」

「そうですか。話を元に戻しますが、『北洋シーフード』は不正輸入した水産物をそのまま『五菱物産』水産部に納入してたんですよ。水産部の統括責任者は織部常務なんです」

「何が言いたいのかな？」

「エレーナ、いや、オリガ・クルチナは密漁ビジネスの件で、パトロンの織部やビクトル・ブレジネフを強請《ゆす》ってたんじゃありませんか。彼女と一緒に殺害された関東テレビの報道部記者も、ロシア海域で密漁された水産物の行方を追ってたんですよ。あなたは、どう思われます？」

刈谷は訊《たず》ねた。

「ぼくにはわからないよ。『ドゥルジバ』に限らずロシアのマフィアたちは実に非情だから、都合の悪い人間がいれば、迷うことなく抹殺するだろうな。もっとも大手商社の重役だって、保身本能が強いだろうから、誰か第三者に愛人だったオリガ・クルチナを片づけさせるかもしれない。関東テレビの記者も生かしておいてはまずいと思えば、殺し屋に始末させそうだね」

「ソーニャ・レーピンさんの自宅をご存じですか？」

「ナターシャというホステス仲間と高円寺《こうえんじ》あたりのマンションをシェアしてるみたいだが、住所まではわからないな。『ハバロフスク』のフロアマネージャーに万札を握らせれば、ソーニャの自宅の住所は教えてくれると思うよ。夜の新宿で働いてる男女は、国籍を問わず金に弱いから。売れない翻訳家も銭には弱いけどね」

大庭は自嘲的な笑みを浮かべ、卓上の札束に目をやった。

「誰だって霞《かすみ》を喰っては生きていけません」

「そうだね。おたく、ぼくから聞き出した情報を誰に売る気なの？」

「それはノーコメントにさせてください。買い手のことを話すわけにはいかないんでね」

「ま、いいか。ただね、極東マフィアを刺激するようなことをしたら、早死にするだろうから、慎重に行動したほうがいいと思うな」

「ご忠告ありがとうございます。数日中に月山書房の編集長と改めて伺うことになると思います。その節は、どうかよろしくお願いしますね。突然、押しかけてきて申し訳ありませんでした。きょうは、これで失礼します」

刈谷はソファから立ち上がった。部屋の主に見送られて、三〇一号室を出た。

大庭に作り話で期待を抱《いだ》かせたのは、罪深かっただろうか。刈谷は淡く悔やみながら、エレベーターの函《ケージ》に乗り込んだ。

賃貸マンションを出て、スカイラインの運転席に腰を沈める。

「のっけから情報屋だと称したの？」

律子が問いかけてきた。

「いいえ、本業は翻訳家エージェントになりすましたんですよ」

「大庭の気を引いてから、情報集めを副業にしてると言ったわけね？」

「ええ、そうなんです。十万を遣《つか》うことになりましたが、それなりの手がかりは得られましたよ」

刈谷は収穫の内容を語りはじめた。

ア人だろうか。

4

「西浦さん、後ろのアリオンが気になりませんでした？」

刈谷は、助手席のシングルマザー刑事に問いかけた。

「えっ、後続の車がどうかした？」

「大庭のマンションから、この車を追尾《ついび》してるようなんですよ」

「全然、気がつかなかったわ」

律子がルームミラーとドアミラーを交互に見た。

「ハンドルを握ってるのは、ビクトル・ブレジネフの手下かもしれません。スラブ系らし

尾行されているのか。

刈谷は車のスピードを落とし、ルームミラーを見た。後続の白っぽいアリオンは『初台スカイコーポ』の近くから、ずっと同じ道を走っている。

運転者は白人男性だ。まだ若い。二十代の後半だろうか。

目つきが鋭い。アングロサクソン系ではなさそうだ。スラブ系の顔立ちに見える。ロシ

い顔立ちでしょ？」

「うん、そうね。目が少しきつい感じだから、ロシア人っぽいな。大庭はブレジネフに頼まれて、『ハバロフスク』の表向きの経営者になることを引き受けたって話だったでしょ？」

「ええ、月に五十万円の名義貸し料を貰ってると大庭は言ってました」

「ビクトル・ブレジネフは『ハバロフスク』の本当のオーナーは自分だと知られることを恐れて、手下の者に大庭に接近する者をチェックさせてるんじゃない？」

「それだけじゃないのかもしれませんよ」

「ということは、本部事件を引き起こしたのは極東マフィアの『ドゥルジバ』臭いのね？」

「そう疑える要素があるんですよ。金銭欲の強いエレーナ・ルツコイことオリガ・クルチナがパトロンの織部に密漁水産物のことをちらつかせて、まとまった口止め料を要求したのかもしれません」

「うん、そうね。関東テレビの井出記者は、ロシア海域で密漁された水産物が不正に日本に輸入されてたことを取材してた」

「ええ」

「極東マフィアの日本支部を仕切ってるビクトル・ブレジネフが子分たちを使って、ロシア人ホステスと関東テレビの記者の口を封じさせた疑いは拭えないわね」

「尾行者の正体を突きとめましょう」

刈谷はスカイラインを脇道に入れた。案《あん》の定《じょう》、アリオンが追走してくる。

裏通りを右左折していると、資材置場があった。門は開け放たれたままだった。人の姿は見当たらない。

刈谷は車を資材置場に突っ込んだ。

すぐさま律子とスカイラインを離れ、堆《うずたか》く積み上げられた鉄骨の背後に走り入る。少し待つと、怪しい白人男が資材置場に駆け込んできた。

長身だった。赤毛で、瞳はヘイゼルナッツ色だ。

「ここで屈み込んでてください」

刈谷は律子に言って、中腰で横に移動しはじめた。

赤毛の男がスカイラインに近づき、車内を覗き込んだ。刈谷は鉄骨材の山を迂回《うかい》し、男の背後に忍び寄った。

相手が気配で振り向いた。

刈谷は踏み込んで、赤毛男の股間を蹴り上げた。男が呻いた。両手で急所を押さえながら、その場にうずくまる。

刈谷は右脚を高く挙げた。

赤毛男の頭頂部に踵落《かかとお》としを見舞う。相手が体を丸めて、横に転がった。

刈谷は、赤毛の白人男の側頭部に片方の足を乗せた。

「ビクトル・ブレジネフの子分だなっ」

「日本語、わからない。ロシア語だけね」

相手がたどたどしい日本語で答え、長く唸った。

刈谷は薄く笑った。相手の側頭部に置いた右足に重心を掛ける。

左足を地から浮かせるたびに、赤毛男は動物じみた声を発した。刈谷は同じことを七回繰り返した。男は四肢《しし》を縮め、肩で呼吸をしていた。律子が駆け寄ってきて、刈谷の背後に立つ。

「わたしが壁になるから、もっと締め上げなよ」

「そうします」

刈谷は片膝を落とし、ショルダーホルスターからシグ・ザウエルP230JPを引き抜いた。銃口を相手のこめかみに密着させる。まだ安全弁は外していない。威嚇《いかく》だった。

「まず名前から教えてもらおうか」

「日本語、難しい。わからないよ」

「死ぬ覚悟ができたようだな」

「わたし、ユーリね。ユーリ・グラチョフよ。真面目なコックね。悪いロシア人じゃない」

「赤坂のロシア料理店で働いてるんじゃないのか」

「そう《ダー》。でも、わたし、いけないことはしてない。料理してるだけよ」

「店の名は『ボルシチ』で、オーナーシェフは、ビクトル・ブレジネフだな？」

「そうね」

「だったら、そっちも『ドゥルジバ』のメンバーなんだろうが！」

「それ、昔の話。いまは真面目なコックね。本当に本当よ」

　ユーリ・グラチョフが早口で言った。

「ま、いいさ。おまえはビクトル・ブレジネフに命じられて、大庭敏之に接近する人間のことを調べるつもりだったんだな？」

「わたし、あなたの車を尾《つ》けてないよ。たまたま同じ道を走ってただけ」

「この資材置場まで追ってきて、白々しいことを言うんじゃない。おまえを撃ち殺して、ブレジネフを追い込むことにしよう」

刈谷は拳銃の安全装置を外した。

「わたし、嘘ついてた。ブレジネフさんに言われて、昼間はいつも『初台スカイコーポ』の三〇一号室を訪ねる人、チェックしてたよ。うちのボス、大庭さんのこと、あまり信用してないね。『ハバロフスク』の本当のオーナーのこと、喋られたくない。ブレジネフさん、そう考えてる」

「それだけじゃないんだろうが！」

「どういう意味？　わたし、わからないよ」

「八月五日の夜、『ハバロフスク』で働いてたエレーナ、いや、オリガ・クルチナが殺されたことを知ってるな？」

「知ってるよ。オリガ、いい女だったね。もったいない」

「オリガを手下に殺させたのは、ビクトル・ブレジネフじゃないのかっ。それから、目障りな報道部記者も始末させた疑いもあるな」

「オリガ、店でとても人気があった。売上、だいたいナンバーワンだったね。そんなホステス、誰かに殺させるはずないよ。ブレジネフさん、誰にもオリガを始末させてないね」

「オリガは金に貪欲《どんよく》だったよな？」

「その日本語、わたし、理解できない」

「オリガはいつも金を欲しがってたんじゃないのか?」

「ああ、そうね。オリガ、ウラジオストクにいる家族を食べさせてた。だから、お金いっぱい必要だったよ」

「オリガは『五菱物産』の織部常務の愛人でもあった」

「そのこと、わたし、知らなかったよ。そうだったのか」

「『五菱物産』は、『北洋シーフード』が買い付けたロシアの密漁水産物の鮭やタラバ蟹などをそのまま納入させてた。殺されたエレーナ、いや、オリガは水産物の密漁に『ドゥルジバ』が関与してたことを知ってたはずだ」

「オリガが、うちのボスから口止め料を脅し取ろうとしたんではないか。あなた、そう考えてるみたいね?」

ユーリ・グラチョフが確かめた。

「まあな。オリガと一緒に殺害された井出という記者は密漁水産物に極東マフィアが絡んでたことを取材で知ったはずだ。つまり、ビクトル・ブレジネフには二人を始末する動機がある」

「ボスの考えてること、わたしたちがなんでもわかるわけじゃない。けど、若い者にそんなことはさせてないと思うね。わたし、誰からもそんな話は聞いてないよ」

「本当だな」

「そう、本当ね」

「ついでに喋ってもらおうか。『ドゥルジバ』は日本の暴力団に各種の麻薬や銃器を流して、ロシア、ウクライナ、ベラルーシで育った女たちを日本に密入国させてるな？」

「いろんなビジネスをしないと、組織のみんなが暮らしていけない。詳しいことは教えられないけど、モスクワの巨大組織から仕入れた北朝鮮で密造された覚醒剤を東日本のほとんどの暴力団に売ってる。関西の最大組織の神戸連合会が関東やくざの御三家とだいぶ前から小競り合いをしてる。どの組も軍資金が必要ね。買い手はたくさんいるよ」

「拳銃も売ってるな？」

「中国製トカレフのノーリンコ54が安く日本に流されるようになってから、原産国のトカレフは極端に売れなくなったよ。人気があるのはマカロフだけ。特にロシア軍の将校たちが使ってるサイレンサー・ピストルを欲しがる日本のやくざは多い」

「その消音型拳銃はマカロフＰｂだな？」

「そう《ダー》。二十発の弾《たま》付きで、日本円で百六十万円ね。高いけど、よく売れる」

「軍から、いくらで手に入れてるんだ？」

「本体と二十発の銃弾込みで、十万円ぐらいね」

「丸儲けじゃないか」

「でも、リスクあるね」

「ロシア、ウクライナ、ベラルーシ出身の女たちの密入国は、ひとりどのくらいで請け負《お》っ《う》ってるんだい？」

「二百万円ね。一度、母国に強制送還された女たちからは、三百万円ずつ貰ってる。ちょっと高いけど、外国人パブで人気が出れば、店から高給を貰えるね」

「売春をしてる女たちも多いんだろ？」

刈谷は訊いた。

「体で稼ぐつもりで日本に密入国する女たちも割に多いよ。日本の男たち、白人の女に弱い。ちょっと甘えると、何万円もチップをくれるらしい。わたし、ジャパニーズガールのほうが好きね。おっぱいとお尻《しり》は小さいけど、大事なとこは緩《ゆる》くない。気持ちいいよ」

「日本の女を玩具《おもちゃ》にしたら、おまえのペニスをターボライターの炎で焼いちまうぞ」

「それ、困るね」

「だったら、日本人女性に近づくな」

「わかったよ。わたしをどうする？」

「生まれ育ったのはサハリンなんだな？」

「そう」

「そう遠くないうちに、故郷に戻れるよ」

「わたしを東京入管に引き渡すのか⁉」

「ああ、どうせオーバーステイなんだろうが？」

「そうだけど、わたし、まだ日本にいたいよ」

ユーリ・グラチョフが強く訴えた。刈谷はグラチョフを黙殺して、小さく振り返った。

「日垣さん経由で、こいつを東京入管に引き渡しましょう」

「うん、そうしたほうがいいと思う」

律子が刑事用携帯電話《ポリスモード》を取り出して、署長直属の捜査員に連絡を取った。遣《や》り取《と》りは短かった。

「三、四十分で、こっちに来るそうよ」

「そうですか」

刈谷は拳銃をホルスターに戻し、グラチョフに後ろ手錠を掛けた。いまどきの手錠はプラスチック製かステンレス製だが、きわめて頑丈だ。

刈谷は赤毛のロシア人を引き起こし、スカイラインの後部座席に押し込んだ。律子がグラチョフのかたわらに坐った。

刈谷は運転席に乗り込み、ギアをR《リヴァース》レンジに入れた。車を資材置場の前に移す。十数メートル後方にアリオンが駐《と》めてあった。

「あなたたち、刑事《コップ》には見えないけど……」

「一応、どっちも警察官なのよ」

律子が警察手帳をユーリ・グラチョフの顔の前に翳《かざ》して、身分証明書を見せた。

「写真のほうがずっと若く見える。あなた、十年前の写真を使ってるのか？」

「殴るわよ。近影しか貼付《ちょうふ》できないの！」

「パソコンで修整したみたいね」

「修整なんかしてないわよ。わたしのこと、いくつぐらいだと思ってるの？」

「五十ぐらいでしょ？」

「あんた、ぶたれたいのね。わたしは、まだ四十一よ」

「えっ、そんなに若いのか!?」

グラチョフが首を竦《すく》めた。刈谷は笑いを嚙《か》み殺した。

「刈谷ちゃん、わたしって、そんなに老《ふ》けて見える？　そうなら、本気で若返りを心掛けないとね」

「西浦さんは三十五、六に見えますよ」

「そんなに若く見える？　刈谷ちゃんは心優しいから、わたしをがっかりさせたくないと思って、かなり無理をしてるんじゃない？」

「本当に三十代の半ばに見えますよ」

「刈谷ちゃん、事件が落着したら、何か奢るわ」

律子はたちまち機嫌を直した。

「あなた、正直じゃないよ。隣の女性《ひと》、どう見ても三十代じゃないね。やっぱり、五十歳前後に見えるよ」

グラチョフが刈谷に言った。次の瞬間、律子が肘打《ひじう》ちを赤毛のロシア人に浴びせた。グラチョフが唸って、幾度もむせた。

「あんた、どうしたの？」

「エルボーでわたしの脇腹を……」

「難癖つけないでちょうだい。わたし、あんたに何もしてないでしょ？」

「日本の刑事、ろくでなしね」

「古い言葉を知ってるじゃないか」

刈谷は赤毛男に言って、律子と顔を見合わせた。

二人が目で笑うと、ユーリ・グラチョフが母国語で何か悪態《あくたい》をついた。それから彼は目を閉じ、むっつりと黙り込んでしまった。

日垣警部が東京入国管理局の職員たちを伴って駆けつけたのは、およそ四十分後だった。

刈谷はグラチョフの手錠を外し、身柄を入管の職員たちに引き渡した。日垣と三人の入管職員に経過を話す。ユーリ・グラチョフは、入管のワンボックスカーに乗せられた。職員のひとりがアリオンの運転席に入る。

「後は、わたしが処理に当たるんで……」

日垣が覆面パトカーに乗り込んだ。刈谷はそれを見届けてから、スカイラインを発進させた。

「堀・入江班と合流する？」

「その前に赤坂の『ボルシチ』に行ってみましょう。ビクトル・ブレジネフが店にいるかどうかわかりませんが、極東マフィアどもの動きを探ってみましょうよ」

「わたしたちは面が割れてないんだから、客の振りをしてロシア料理を食べようよ」

律子が言った。刈谷は特に異論は唱《とな》えなかった。

赤坂の田町通りにあるロシア料理店を探し当てたのは、三十数分後だった。店は飲食店ビルの地下一階にあった。

刈谷たちは近くの有料パーキングビルにスカイラインを置き、『ボルシチ』に入った。ロシアの家庭料理の一つを店名にしているだけあって、気楽に入れる雰囲気だった。割に広い。テーブル席は十四、五卓あった。

ロシア人と思われる老カップルと日本人四人の二組しかいなかった。刈谷たちは奥の席に落ち着いた。

店内の飾り棚には、色鮮やかなマトリョーシカが並んでいた。ロシア土産の定番だ。素朴な少女のマトリョーシカだけではなく、歴代大統領が大きさを違えて作られている。動物のマトリョーシカも飾ってあった。いずれも、最も大きな物の中にサイズの小さなマトリョーシカがすべて収まる造りになっていた。

グジェリと呼ばれる伝統的な陶器、白樺細工、毛皮の帽子、サモワール、宗教画や風景画が描かれたイースターの卵などがインテリアとして使われていた。

若いロシア人ウェイターが注文を取りにきた。二十三、四歳だろう。ハンサムだ。

刈谷たちはメニューを見て、フルコースをオーダーした。

すぐにザクースカと呼ばれている前菜が運ばれてきた。定番の鮭のマリネ、鰊《にしん》の塩漬け、砂糖大根《ビーツ》をたっぷり使ったサラダ、具だくさんのオリヴィエがテーブルに並んだ。オリヴィエは、ポテト、人参、ピクルス、ハム、茹《ゆ》で卵をマヨネーズで和《あ》えたものだ。

スープはボルシチを選び、メインディッシュの前にピロシキを頰張った。

「ピロシキって揚げパンのイメージがあるけど、本場のものは焼いてあるのね。具材も肉だけじゃなく、鮭やキャベツといろいろなんだ。勉強になったわ」

律子は旺盛な食欲を見せた。

刈谷はウオッカを飲みたかったが、車を運転しなければならない。ロシアン・ティーを飲みながら、前菜とピロシキを食べる。

やがて、ビーフストロガノフ、鮭のソテー、ロシア風の肉じゃがジャルコーエ、キエフ風カツレツが届けられた。きのこの壺焼《つぼや》きは熱々だった。

デザートのアイスクリームはロシア語でマロージナエと呼ばれ、味が濃かった。デザートを平らげたとき、オーナーシェフが挨拶にやってきた。

「きょうはありがとうございました。わたしは、この店の主《あるじ》のビクトル・ブレジネフと申します。ロシアのポピュラーな料理ばかりですが、お口に合いましたでしょうか？」

「どれもおいしかったわ」

律子がにこやかに応じた。

「ご満足いただけて、わたしも嬉しく思います。今後も、どうかごひいきに」

「ええ、また来ます。オーナーは日本語が上手なのね」

「十年以上も日本で暮らしていますので、日常会話はできるようになりました。ですけど、助詞の使い方が難しいですね」

「それだけ滑らかに喋れれば、もう言うことないわ。オーナーはロシアのどのあたりのご出身なのかしら？」

「わたしは、サハリンと向かい合ったヴァニノという港町の生まれです。十代の後半にハバロフスクやウラジオストクでも暮らしましたが、東京での生活が最も快適です。日本は先進国で、治安がいいですからね。安心して暮らせます」

「そう。料理はどれもおいしかったんだけど、妙な噂が気になって、なかなかお店に入れなかったの」

「妙な噂と申しますと？」

「ここは極東マフィアの『ドゥルジバ』の息がかかってる店で、不良ロシア人の溜まり場になってるという話を聞いてたのよ」

「どなたがそのようなデマを流したんでしょうか？　迷惑な話です。当店は犯罪組織とは無縁な店です。どうか今後も、安心してご利用ください」

　ブレジネフが穏《おだ》やかに言った。しかし、その目には警戒の色が宿っていた。

「極東マフィアはロシア海域で密漁した水産物を『北洋シーフード』に年間何百万トンも

流してるって噂を耳にしたこともあるな」

刈谷はオーナーシェフに言った。

「そうなんですか。わたしは、そういうことには疎《うと》いんですよ」

「『北洋シーフード』が買い付けた魚介類は、『五菱物産』の水産部にそっくり納入されてるらしいな」

「すみません。そろそろ厨房《ちゆうぼう》に戻らなければなりませんので、これで失礼します。どうぞごゆっくり！」

ビクトル・ブレジネフが一礼し、テーブルから遠ざかった。

「ちょっと揺さぶり方が露骨だったかしらね？」

律子が小声で問いかけてきた。

「西浦さんが際《きわ》どい迫り方をしたんで、おれも大胆なことを言ったんです」

「あれほどストレートな揺さぶり方をしたから、何かリアクションを起こしそうだわね」

「ええ、多分。一服したら、わざと目立つ場所で張り込んでみましょう」

刈谷は、セブンスターをパッケージから振り出した。

第四章　透《す》けた突破口

1

予想通りだった。

店を出て、一分も経《た》たないうちに見覚えのあるロシア人の男が表に走り出てきた。マスクの整ったウェイターだった。

道端に立った刈谷は、故意に姿を隠さなかった。まともにウェイターに目を向ける。

相手は会釈《えしやく》し、あたふたと路地に走り入った。

「焦《あせ》って裏通りに逃げ込んだわね。刈谷ちゃん、イケメンのウェイターを追っかける？」

律子が言った。

「ほっときましょう。脇道では、ウェイターを締め上げにくいですからね。どうせビクトル・ブレジネフにおれたちの正体を突きとめろって命じられたんでしょうから、どこまでも尾《つ》けてくるにちがいありません」

「人のいない場所に尾行者を誘い込んで、ちょっと痛めつける気ね」

「ええ、まあ」

「違法捜査ってことになるけど、相手は極東マフィアの一員だろうから、仕方ないわね。無法者に法律は通じないんだから」

「西浦さん、ここで待っててください。おれ、車を取ってきます」

刈谷は有料立体駐車場に走って、スカイラインをパーキングビルから出した。律子を助手席に坐らせ、わざと『ボルシチ』の出入口のそばに駐《と》める。

十分ほど過ぎると、脇道から大型バイクが走り出てきた。カワサキの七百五十ccのバイクだった。ライダーは、黒いフルフェイスのヘルメットを被っていた。体つきから察して、例の二枚目のウェイターと思われる。

刈谷はスカイラインを発進させた。

単車が追尾してくる。刈谷はほくそ笑《え》んだ。練馬方面に走り、関越《かんえつ》自動車道の下《くだ》り線に乗り入れる。大型単車は一定の車間距離を保《たも》ちながら、執拗《しつよう》に追走してくる。

刈谷は花園《はなぞの》ＩＣで一般道に降りた。荒川《あらかわ》に沿って五キロほど走り、寄居町《よりいまち》にあるゴルフ場の背後の森林の横でスカイラインを停止させた。

左右は、うっそうとした森だった。民家は一軒も見当たらない。

大型バイクがスカイラインの七、八メートル先で急停止した。

ライダーはすぐに単車を離れ、大股で近づいてきた。その右手には、サイレンサー・ピストルが握られていた。マカロフPbだ。

刈谷は車を急発進させ、すぐブレーキペダルを踏み込んだ。フロントバンパーに軽く接触したライダーは、斜め方向に撥《は》ね飛ばされた。

刈谷はスカイラインを降りた。

ライダーが慌《あわ》てて上体を起こし、消音型拳銃を構えた。刈谷は相手との間合いを詰め、胸板を蹴った。

ライダーが短く呻いて、後ろに引っ繰り返った。刈谷は、すかさず相手の右腕を蹴りつけた。マカロフPbが未舗装の路面に落ちる。

暴発はしなかった。まだスライドは引かれていないようだ。

刈谷はサイレンサー・ピストルを拾い上げた。

やはり、スライドは引かれていなかった。スライドを滑らせ、初弾を薬室《やくしつ》に送り込む。後は引き金を絞れば、九ミリ弾が発射される。

ライダーが這《は》って後方に数メートル逃げた。

「動くな。おまえが『ボルシチ』のウェイターだってことはわかってるが、面《つら》を見たいんだよ」

「…………」

「世話を焼かせやがる」

刈谷は無造作に発砲した。圧縮空気が洩れるような音がして、右横に薬莢《やっきょう》が弾《はじ》き出された。硝煙もたなびく。

九ミリ弾は、ライダーの腰の真横に着弾した。砂利が宙を泳ぐ。

ライダーが半身を起こし、震える手でヘルメットを外した。律子がスカイラインを降り、駆け寄ってくる。

「なんて名だ?」

刈谷はウェイターに銃口を向けた。

「セルゲイ・スモレンスキーという名ね」

「日本語はわかるな?」

「だいたいわかる」

「ボスのビクトル・ブレジネフにおれたちの正体を探《さぐ》れって命令されたんだな? おれの

質問に答えなかったら、おまえの頭はミンチになるぞ」

「そう、そうね。わたしたち、ボスに逆《さか》らえない。仕方なかったよ。あなたたち、何者なの?」

スモレンスキーが問いかけてきた。

「おれたちは、新しいタイプの犯罪者集団のメンバーさ。暴力団、半グレ集団、外国人マフィアの悪事の証拠を握って、そういった連中から現金、麻薬、銃器なんかを横奪《よこど》りしてるんだよ」

刈谷は、もっともらしく言った。

「ボスは、あんたらは警察関係者かもしれないと言ってた。でも、そうじゃなかったのか」

「『ドゥルジバ』は麻薬や銃器の密売、密入国の手助けのほかに、密漁水産物を『北洋シーフード』に不正輸出してる。そうだな?」

「ボスや仲間を裏切ったら、わたし、殺されるかもしれない。だから、答えられないよ」

「答えなきゃ、おまえをシュートする」

「撃たないでくれーっ。まだ死にたくない」

「だったら、おれの質問に答えるんだな」

「わかったよ。あんたの言った通りだ」

「ビクトル・ブレジネフは密漁魚介類の不正輸出の件で、『ハバロフスク』で働いてたオリガ・クルチナに強請《ゆす》られてたんだろ？　それから、おまえらのボスは関東テレビの井出という記者も誰かに片づけさせたんじゃないのか。井出記者に密漁ビジネスのことを知られてしまったんでな」

「ボスは、誰にもそんなことをやらせてないと思うね。オリガは、うちのボスに恩義を感じてるはずだから、口止め料をせびったりしないさ」

「どんな恩義があるって言うの？」

律子がセルゲイ・スモレンスキーに問いかけた。

「オリガは以前、不法滞在と売春で捕まって国に強制送還された。日本に再入国できない彼女が家族を食べさせてることを知ったボスはわずか二十万で、こっちに密入国させてやったんだよ。そんな借りがあるんで、オリガはすごくブレジネフさんに感謝してた。恩人を困らせるようなことをするわけないね」

「でも、オリガは金にがつがつしてたっていう話じゃないの。家族にたくさん仕送りしたくって、ビクトル・ブレジネフから口止め料を毟《むし》り取ろうとしたとも考えられるでしょ？」

「確かにオリガは金を欲しがってた。だから、『ハバロフスク』が休みの土・日に泊まりがけのバイトをしてたね。そのバイトの内容は知らないけど、かなり金になるサイドワークだったらしいよ」

「あんたの話が本当なら、オリガ・クルチナが『ボルシチ』のオーナーシェフを強請ってたとは考えにくいわね」

「ボスは、オリガのことを何かと心配してたんだ。まるで本当の姪《めい》のようにかわいがってたよ。そんな娘を誰かに殺させるわけないね」

「関東テレビの井出って記者が、あんたたちのボスの周辺を嗅ぎ回ってたんでしょ？」

「ああ、そうね。でも、ブレジネフさんはマスコミ関係者の口を封じたりしたら、『ドゥルジバ』が解散に追い込まれることになるかもしれないから、先走ったことはするなと言ってた。それだから、ボスは二人の死には絡んでないよ」

「おまえがボスを庇《かば》って嘘を言ってるかどうかテストする」

　刈谷は言うなり、二弾目をウェイターの肩の真上に撃ち込んだ。セルゲイ・スモレンスキーが後ろに倒れ込む。

「嘘ついてないよ」

「どうかな？」

刈谷は狙いを少し外して、残弾の六発を次々に放った。スモレンスキーは怯《おび》え戦《おのの》きながらも、ボスは潔白だと訴えつづけた。

「いずれブレジネフがプールしてある金、麻薬、銃器をそっくりいただく。おまえはチンピラだから、赤坂の店に戻ってもいい」

「マガジンは空になったけど、マカロフPbを返してほしいね。それ、ボスから預かった拳銃《ハンドガン》なんだ」

「いいから、失《う》せろ!」

刈谷はサイレンサー・ピストルを押収し、ホルスターから自分の拳銃を引き抜いた。

スモレンスキーが弾かれたように立ち上がり、大型バイクに駆け寄った。急いで単車に跨《また》がり、セルモーターを始動させた。

バイクはUターンし、林道を下《くだ》りはじめた。

刈谷はシグ・ザウエルP230JPをショルダーホルスターに戻した。

「ビクトル・ブレジネフはシロなのかもしれないね。イケメンのウェイターは何発も体すれすれのとこに九ミリ弾を放たれたのに、供述は変わらなかったじゃない?」

律子が言った。

「ええ。ただ、ブレジネフが部下たちの前で芝居をしてた疑いがないわけでもない気がするんですよ」

「ま、そうね」

「転落死した織部が本部事件にタッチしてるかどうか確かめることができなくなって、ビクトル・ブレジネフもクロとは断定できなくなったわけか」

「消去法でいくと、室岡組の里中若頭が怪しくなるわけだけど、捜査本部はまだ黒白《こくびやく》はつけられないんでしょ？」

「そうなんですよ」

刈谷は答えた。そのすぐ後、堀刑事から刈谷に電話がかかってきた。

「ようやく里中が動いたんすよ。ボディーガードを連れずに自宅近くでタクシーに乗って、愛人《レコ》の小森舞衣のマンションに数分前に入ったんす」

「そうか」

「主任と西浦さんは、すぐ『中野坂上エルコート』に来られるっすかね？」

「すぐには堀・入江班と合流できないな。おれたち二人は、埼玉県の寄居町にいるんだ」

刈谷は経過を伝えた。

「『ボルシチ』のウェイターが喋ったことは本当っぽいっすね。となると、ビクトル・ブレジネフは本部事件ではシロなんじゃないっすか」

「そうかもしれないが、まだシロと結論づけるのは早い気がするな。一時間数十分後には、中野坂上に行けるだろう。それまで入江としっかり見張っててくれ」

「了解っす。里中が舞衣と外出したら、すぐ報告を上げるっすよ」

堀が先に電話を切った。刈谷は堀の話を律子にかいつまんで教え、スカイラインに乗り込んだ。律子が助手席に坐る。

刈谷は車をスタートさせた。来た道を逆にたどり、花園ＩＣから関越自動車道の上《のぼ》り線に入る。車の流れはスムーズだった。

しかし、練馬付近は渋滞していた。『中野坂上エルコート』に着いたのは、およそ一時間半後だった。陽《ひ》は大きく傾いていた。

灰色のプリウスは、元ＡＶ女優の自宅マンションの並びの民家の塀に寄せられていた。

刈谷は、スカイラインをプリウスの数十メートル後ろに停めた。だが、車から出なかった。堀のポリスモードを鳴らす。待つほどなく通話可能状態になった。

「おれたち二人がプリウスの後方にいることはわかってるな？」

「ええ。里中は五〇六号室に入ったままっす。まだ厚手のドレープのカーテンで窓は閉ざされてないっすから、愛人と寝室でナニはしてないと思うっすよ。ダべってるんでしょう」

「そうかもしれないな。ところで、関東一心会は東北一帯を仕切ってる奥州《おうしゅう》連合会と昔から反目してるんじゃなかったか？」

「犬猿の仲っすよ。東日本のやくざが結束しないと、関西勢力に隙《すき》を与えることになるんすけどね」

「暗くなったら、おまえとおれは五〇六号室のインターフォンをしつこく鳴らす。奥州連合会の武闘派の殴り込み《カチコミ》を装って、里中を挑発しよう。おそらく、番犬を連れずに愛人の部屋に出かけた里中は丸腰じゃないだろう」

「ボディーガードを連れてないときは、拳銃《ドウグ》を携帯してると思うっすよ」

「だろうな。多分、里中はハンドガンを構えながら、五〇六号室から飛び出してくるだろうな。愛人《レコ》に臆病者と思われたくないだろうからさ」

「と思うっすね。里中が出てきたら、銃刀法違反で緊急逮捕するという段取りなんでしょ？」

　堀が確かめるような口調で訊いた。

「そうだ。それで、もっともらしく里中に司法取引を持ちかけよう。手下か流れ者にオリガ・クルチナと井出健人を殺《や》らせたと白状したら、銃刀法違反を含めて他の犯罪は大目に見てやると騙《だま》すんだよ。殺人教唆罪だけなら、まず死刑にはならないだろうからな」

「里中がクロなら、司法取引には乗ってくると思うっすよ。主任、いい手を考えたっすね」

「そういう作戦でいくぞ。入江に今後の段取りを伝えてくれな」

刈谷はポリスモードを折り畳んだ。

「なかなかの策士《さくし》じゃないの。そういう手でも使わないと、捜査が進まないもんね」

「苦肉の策なんですよ。禁じ手はあまり使いたくないんですが……」

「いまさら優等生ぶることはないわよ。これまでもチームは違法捜査を重ねて、真犯人《ホンボシ》を割り出してきたんだから。どんな手を使ってでも、捜査本部を陰で助けて犯人《ホシ》を割り出すことがわたしたちに与えられた任務なんだから、悩む必要はないわ」

律子が乾いた声で言った。刈谷は、いくらか気持ちが軽くなった。

やがて、夜になった。

刈谷は七時五分前にスカイラインを降り、プリウスに近づいた。堀が車から出てきた。

二人はサングラスで目許を隠してから、『中野坂上エルコート』のエントランスホールに入った。オートロック・システムにはなっていなかった。

刈谷たちコンビはエレベーターで五階に上がった。マンションの入居者とは顔を合わせることはなかった。

堀が五〇六号室のインターフォンをたてつづけに三度、鳴り響かせた。

「里中、出て来い！　奥州連合会の者だっ」

刈谷はスチールのドアを蹴りつけつつ、怒声を張り上げた。

ややあって、ドア越しに荒々しい足音が聞こえた。コンビはドアの両脇の壁にへばりついた。ドア・スコープからは死角だった。

ドアが細く開けられ、グロック29が突き出された。オーストリア製のコンパクトピストルだ。全長は十七センチ五ミリで、フル装弾数は十一発である。すでにスライドは引かれていた。

刈谷は両手でグロック29を奪い取った。幸運にも、暴発はしなかった。

堀がドアを大きく開く。刈谷は五〇六号室に躍《おど》り込み、里中に体当たりをくれた。里中が玄関マットの上に尻から落ちた。奥の居室で女が悲鳴をあげた。小森舞衣だろう。

「撃《ハジ》く度胸があるんだったら、撃ちやがれ！」

「里中、虚勢を張らなくてもいいんだよ。おれたちは警察の者だ。東北の筋者なんかじゃない」

「えっ⁉」

「銃刀法違反で緊急逮捕されたくなかったら、正直者になるんだな。そっちが手下か、流れ者にエレーナことオリガ・クルチナと関東テレビの井出記者を片づけさせたんじゃないのか？　素直に自白《ウタ》ったら、銃刀法違反やその他の犯罪には目をつぶってやる」

「そんな司法取引なんかできねえはずだぞ」

「表向きは、そうだな。しかし、実際には裏取引されてるんだよ。担当検事の協力が必要だがな。殺人教唆だけなら、極刑が下されることはない。このグロック29、暴発しやすそうだな」

刈谷はにやついて、銃口を里中の狭い額に押し当てた。里中がわななきはじめた。

「どうなんだ？」

「おれは、どっちも殺《や》らせちゃいねえよ」

「そう言われても、その言葉をすんなり信じられないな」

刈谷は引き金の遊びをぎりぎりまで絞った。ほんのわずかでも人差し指に力を加えれば、銃弾は放たれる。際《きわ》どい勝負だった。

「本当だって。嘘じゃねえよ」

里中が涙声で言い、全身をぶるぶると震わせはじめた。数秒後、股間に染《し》みが拡《ひろ》がった。恐怖のあまり、尿失禁してしまったようだ。

死の予感を覚えながら、言い逃れはできない。数多くの犯罪者と接してきた刈谷は経験から、そのことを学んでいた。

「里中はシロだろう。日垣さんを呼んでくれ」

刈谷は堀に指示して、グロック29の銃口を下に向けた。里中は情けなさそうな表情で放尿しつづけていた。

堀が要請の電話をかけ終えた。刈谷はグロック29を部下に渡して、歩廊に出た。

ほとんど同時に、新津隊長から電話があった。

「刈谷君、五十分ほど前に大庭敏之が自宅で撲殺されたぞ。凶器は大型スパナらしい」

「極東マフィアが『ハバロフスク』のダミー経営者の口を封じたんでしょう」

「わたしもそう思ったんだが、加害者は二〇一号室に住む失業中の元サラリーマンだったんだ。本人が所轄署に出頭したそうだよ」

「犯行動機は何だったんです？」

「加害者と被害者は一年ほど前から生活騒音のことで、クレームをつけ合ってたらしいんだよ。それで何度か、殴り合いになりかけたことがあったらしい。階下の住民が大庭の足音がうるさいと苦情を言ったことが事件を誘発したようだね」

「そうですか」

「それはそうと、ビクトル・ブレジネフと里中満信のどちらかが本部事件の主犯なのかな?」

「どちらも心証はシロですね」

「そうなのか。チームの捜査も長引きそうだな。『五菱物産』の織部常務が転落死しなければ、有力な手がかりを得られたんだろうが……」

「オリガ・クルチナと親しくしてたナホトカ育ちのソーニャ・レーピンに会って、情報を集めてみますよ。その彼女なら、オリガが土・日に泊まりがけでやってた割のいいアルバイトのことを知ってるかもしれませんから」

「そのバイトが謎を解く鍵だといいね」

「ええ。とにかく、今夜、客になりすまして『ハバロフスク』に行ってみますよ」

「そうしてくれないか」

「班長、日垣警部から里中のことでもう報告がありました？」

「いや、まだ何も聞いてないが、何があったんだね？」

「実は、里中を銃刀法違反で緊急逮捕したんですよ。本部事件では、シロと思われますが……」

刈谷は事の経緯を詳細に報告しはじめた。

2

通話を終えた。

刈谷は五〇六号室に戻った。堀が里中に前手錠を掛けている最中だった。

「逃げやしねえよ。下半身が小便塗《まみ》れだから、シャワーを浴びさせてくれねえか」

里中が刈谷に言った。

「いいだろう」

「ついでに、少し時間をくれねえか。余罪があるから、刑務所《ムショ》に送られることになるに決まってる」

「だろうな。だから？」

「しばらくシャバに戻れねえだろうから、舞衣を抱かせてほしいんだ」

「ふざけんな！」

堀が里中を怒鳴《どな》りつけた。

「てめえに頼んだんじゃねえぞ」

「あんた、警察をなめてるな」

「そうカッカするなって」

刈谷は部下をやんわりと窘《たしな》め、里中に顔を向けた。

「署から迎えにくるまでだぞ、自由にさせてやるのは」

「おたく、話がわかるな。粋《いき》な計らいに感謝すらあ」

「堀、手錠を外してやれ」

「甘やかしすぎっすよ」

堀は口を尖《とが》らせたが、刈谷の指示に従った。

里中が立ち上がった。玄関マットは小便で濡れていた。

「しっかり見張っててくれ」

刈谷は部下に言った。里中が玄関ホールの左手にある浴室に向かった。その後を堀が追う。

「お邪魔しますよ」

刈谷は奥に向かった。間取りは2LDKだった。元AV女優はリビングソファの端に浅く腰かけていた。

不安顔だった。乳房がとてつもなく大きい。ミニスカートから零《こぼ》れた太腿は、むっちりとしている。

「若頭《カシラ》はどうなっちゃうの？」

「銃刀法違反で緊急逮捕したんだが、余罪もあるはずだから、服役することになるだろうな」

「まいったな」

「里中は尿失禁してしまったんで、シャワーを浴びさせてやることにした」

「彼に何をしたの？　口の中にグロック29の銃身でも突っ込んで、ビビらせたんじゃない？」

「そんな荒っぽいことはしないよ。不法所持してた拳銃を取り上げただけだ」

刈谷は空とぼけた。

「わたし、どうなっちゃうの⁉　服役中もお手当を貰えるのかな」

「そのあたりのことは、里中に相談してみるんだな」

「そうするわ」

「里中は迎えの者が来るまで、きみと熱い時間を過ごしたがってる。許可したから、ベッドで愛し合えばいい」

「別にかまわないけど、わたし、濡れないと思うな」

舞衣が、あけすけに言った。ＡＶ女優時代に羞恥心《しゅうちしん》を忘れてしまったのだろうか。

「参考までに質問するんだが、八月五日の夜にロシア人ホステスと関東テレビの報道部記者が西新宿のホテルで殺害された事件を憶《おぼ》えてるかい？」

「知ってるわ、その事件のことは」

「里中にも犯行動機があったんでマークしてたんだが、心証はシロだった。里中の様子がおかしいと感じたことはなかったか？」

「若頭《カシラ》がその事件に絡んでるようには見えなかったかって意味なんでしょ？」

「そうだ」

「そういう気配は、まったくうかがえなかったわ」

「そうか」

会話が途切れた。

そのとき、堀に伴われた里中が居間に入ってきた。腰に白いバスタオルを巻きつけているだけだった。上半身は刺青《いれずみ》で彩《いろど》られている。

「舞衣、寝室で素っ裸になってくれ」

「わたし、急いでシャワーを浴びるから少しだけ待ってて」

「時間がねえんだ」

「だけど、汗もかいたし……」

「まるっきり無臭じゃ、興奮しねえよ。早く早く！」

「わかったわ」

小森舞衣がソファから立ち上がり、居間に接しているベッドルームに先に入った。ドアを開けたとき、値の張りそうなダブルベッドが見えた。十畳ほどの寝室だった。

里中が寝室に足を踏み入れ、後ろ手にドアを閉めた。刈谷は部下と一緒に玄関ホールに移った。

「主任は江戸っ子だから、野暮なことはしたくないんすね。けど、いくらなんでも情《じょう》をかけすぎっすよ。里中は根っからのやくざなんす。甘やかしたら、つけ上がるっすよ」

「柔肌を貪《むさぼ》らせてやるだけだ。むろん、ほかの要求には応じない」

「当たり前っす」

堀が憮然《ぶぜん》とした表情で言って、押し黙った。

そのすぐ後、寝室から舞衣のなまめかしい呻き声が洩《も》れてきた。どうやら里中は、愛人の性感帯に口唇と舌を滑走させているらしい。ベッドマットの軋《きし》み音も伝わってくる。

ベッドの二人はオーラル・セックスを早めに切り上げ、体を繋《つな》ぎ合うのではないか。刈谷は、密かにそう予想した。

ほどなく舞衣が短く息を詰まらせた。

里中が昂《たか》まった性器を突き入れたようだ。男女の喘《あえ》ぎと呻き声が、ひとしきり交錯《こうさく》した。十分ほど経過したころ、舞衣が悦《よろこ》びの声をあげた。

憚《はばか》りのない声は熄《や》みそうで熄まない。高く低く尾を曳《ひ》いた。舞衣が啜《すす》り泣くような声を出して間もなく、里中が獣じみた唸り声を発した。射精したのだろう。

寝室が静かになった。

「終わったようだな」

「主任、居間に戻るっすか」

「もう少し経《た》ってからにしよう。二人は、まだ余韻《よいん》に浸ってるだろうからな」

刈谷は部下を押し留《とど》めた。堀は少し不服そうだったが、何も言わなかった。
七、八分が流れたころ、舞衣が苦しそうな声をあげた。
刈谷は居間に駆け込み、寝室のドアを開けた。衣服を身につけた里中が全裸の舞衣の首に柄のスカーフを巻きつけ、両端を引き絞っていた。

舞衣は顔を歪《ゆが》めている。苦しげだ。

「おれのグロック29をベッドの上に投げろ。もちろん、セーフティーロックを掛けてな」

「逃走する気になったんだろうが、それは無理だ。里中、もう観念しろっ」

刈谷は声を張った。

「うるせえ！　早くしねえと、舞衣を絞め殺すぞ」

「自分の情婦《おんな》を殺してでも、ずらかりたいのかっ」

「舞衣には未練があるが、五十過ぎて刑務所《ムショ》暮らしなんかしたくねえんだよ」

「身勝手な野郎だ」

「若いほうがおれのグロックを持ってたはずだよな。おう、早くしろい！」

里中が堀を急《せ》かした。堀が目顔で指示を仰《あお》いでくる。

刈谷は小さく顎を引いた。堀がベルトの下からオーストリア製の拳銃を引き抜き、ダブルベッドの上に投げた。ベッドの足許の方だった。

「てめえ、何か企《たくら》んでやがるな。おれのすぐ近くに投げ直せ！」

「自分で取ればいいじゃないか」

「この女が死んでもいいのかよっ」

里中が堀を睨《ね》めつけながら、スカーフをさらに強く引き絞った。舞衣がもがく。そのたびに、西瓜《すいか》のような乳房がゆさゆさと揺れた。

「堀、言われた通りにしろ」

刈谷は指示した。部下がダブルベッドに近づき、グロック29を掴み上げた。すぐに拳銃を里中のそばに投げ落とす。

「二人とも床に腹這いになって、いったん頭の上で両手を重ねな」

里中が命じた。刈谷たち二人は逆らわなかった。

「持ってるんだろ、シグ・ザウエルか何かをさ。どっちも拳銃を出して、銃把《グリップ》からマガジンを抜くんだ。わかったなっ」

「里中、往生際が悪いぞ。この部屋から脱出できても、必ず取っ捕まる」

刈谷は説得を試《こころ》みた。

「おれより年下のくせに、偉そうな口を利くんじゃねえ。ガキのころから、お巡りは大っ嫌いなんだ。できることなら、おまえらをぶっ殺してやりてえよ」

「子供のころから悪さを重ねてきたんで、警官嫌いになったんだろうな」

「無駄な遣り取《やと》りはやめようじゃねえか。おめえらが時間稼ぎなんかしてると、舞衣は死ぬことになるぜ」

「若頭《カシラ》、本当にわたしを殺す気なの？」

舞衣が聞き取りにくい声で問いかけた。

「おまえには、まだ惚れてるよ。でもな、おれは刑務所《ムショ》に入りたくねえんだ」

「わたしよりも、自分のことのほうが大事なのね？」

「誰だって、そうだろうがよ。自分よりも我が子を大事にする母親はいるけど、それ以外の者はみんなてめえが一番かわいいんじゃねえのか。おれは、そう思うぜ」

「わたしは若頭《カシラ》のことを誰よりも大切にしてきたつもりだけど、愛されてなかったのね」

「小娘みたいなことを言うなって。おれはおまえの体を独り占めにしたかったんで、愛人《レコ》にしたんだ。それが正直なとこだな」

「だったら、わたしを早く殺しなさいよっ」

「てめえ、開き直りやがって」

里中が顔をしかめた。心理的に追い込まれたら、室岡組の若頭は愛人を絞殺しかねない。

刈谷は体を傾け、ショルダーホルスターからシグ・ザウエルＰ230ＪＰを引き抜いた。キャッチ・ボタンを外し、銃把の中からマガジンを取り出す。

部下の堀も、同じように弾倉を引き抜いた。

「よし、二人とも頭の上でまた両手を組みな」

里中が言って、右手をスカーフから離した。

刈谷は両手を組む振りをして、片膝を立てた。同時に、頭から突っ込んだ。里中は舞衣を抱きかかえる形で後ろに倒れた。

刈谷はベッドの上のグロック29を掴み上げ、勢いよく立ち上がった。

堀がまず自分のハンドガンの銃把にマガジンを入れた。引きつづき刈谷のシグ・ザウエルＰ230ＪＰを拾い上げ、弾倉をグリップの中に押し込んだ。

刈谷は左手でグロック29を構え、右手で舞衣の首のスカーフを取り除いた。

「早くランジェリーを身につけたほうがいいな。じきに刑事たちが来る」

「ありがとう」

元ＡＶ女優は床から下着や衣服を掴み上げ、寝室を出た。そのまま洗面所かトイレに向かった。

「上体を起こせ！」

刈谷は里中に命令した。里中が不貞腐《ふてくさ》れた顔で半身を起こす。

「悪あがきは無駄だったな」

「くそっ」

「あんたこそ、糞《くそ》野郎だ」

刈谷は銃把の底で、里中の右肩を強打した。

里中が横に転がって、体をくの字に丸める。

「諦めの悪い奴っすね」

堀が里中を蔑《さげす》み、刈谷のシグ・ザウエルＰ230ＪＰを差し出した。刈谷は拳銃を受け取り、ショルダーホルスターに収めた。

その数秒後、日垣警部が寝室に入ってきた。

「これが押収した拳銃です」

刈谷はグロック29を差し出した。日垣は証拠物件保全袋の口を開いた。刈谷は押収拳銃を袋の中に落とした。

日垣が里中に前手錠を掛け、居間で待機している二人の刑事を呼んだ。里中は引き起こされ、すぐに連行されていった。

「後処理は、わたしに任せてくれないか」

「よろしくお願いします」

「麻布署の生活安全課は、『ボルシチ』のオーナーシェフのビクトル・ブレジネフを半年以上も前から内偵中だったらしいんだ。ブレジネフは六本木《ろっぽんぎ》七丁目にある自宅に在日ロシア人の男女を招いて、夜ごとドラッグ・パーティーを開いてたというんだよ。乱交パーティーに発展することが多かったそうだ」

「招待客をドラッグ漬けにして、各種の薬物を売りつけてるんでしょうね」

「そうなんだろう。ブレジネフが本部事件には関わってないという確証を得られてないなら、ドラッグ・パーティーのことを切札にする手もあるんじゃないかな」

「その手は使えそうですね。早速、使わせてもらいます。日垣さん、後はよろしく頼みます」

刈谷は堀に目配せして、寝室を出た。手洗いの中から部屋の主の嗚咽《おえつ》が洩れてきた。

五〇六号室を出ると、堀が口を開いた。

「二手に分かれて、ブレジネフの店と自宅に張りついてみるっすか。『ボルシチ』のオーナーシェフはシロと思われるっすけど、まだ断定はできてないっすから」

「そうだな。そっちは、おまえたち三人に任せるよ。おれは客として『ハバロフスク』に入って、オリガ・クルチナと親しかったソーニャ・レーピンというホステスから手がかりを得ようと思うんだ」

「オリガが土・日に泊まりがけでやってたバイトのことがわかれば、いいっすね。それが事件の解明に繋がるかもしれないっすから」

「そうだな。おれはタクシーで新宿に行く。麻布署の刑事を装って、オーナーシェフを追い込んでみろ」

刈谷は指示して、エレベーターの函《ケージ》に乗り込んだ。堀がつづく。

二人は表に出た。堀はプリウスに駆け寄り、奈穂に何か告げた。それから、スカイラインの運転席に乗り込んだ。

刈谷は二台の車を見送ってから、タクシーを捕まえた。行き先を告げると、五十年配の運転手は仏頂面《ぶっちょうづら》で車を走らせた。ワンメーターの距離に近かったからだろう。

刈谷は、むっとした。だが、説教じみたことを言うのは面倒だ。怒りを抑《おさ》える。

十分そこそこで、目的地に着いた。

刈谷は変装用の黒縁眼鏡をかけて、店に入った。別段、顔をホステスや黒服の男たちに見られたくなかったわけではない。ごく平凡なサラリーマンを装ったのである。

ロシア人ホステスは十六、七人はいるようだ。およそ半数が接客中だった。

刈谷は案内された席に坐ると、ビールを注文した。ソーニャ・レーピンを指名した。黒服の話では、まだソーニャは指名がかかっていないそうだ。

セブンスターを喫《す》っていると、黒服の男がソーニャを連れてきた。金髪で色白だが、でっぷりと太っていた。いつも指名本数は少ないのだろう。

「わたし、ソーニャです。お客さんの席に付いたことはないと思うの。どうして指名してくれたのか。わたし、それ、知りたいです」

「おれの友達がエレーナ目当てで、よくこの店に通ってたらしいんだ。そいつが、きみのことを教えてくれたんだよ。気立てのいい美人だってね」

「そうだったんですか。失礼します」

ソーニャが刈谷の横に坐り、カクテルをねだった。刈谷は、好きなカクテルを選ばせた。

「コロネーションをお願いね」

ソーニャは、ドライシェリーをベースにしたカクテルをオーダーした。黒服の男がゆっくりと遠ざかっていく。

「エレーナとは仲がよかったのかな」

「オリガとわたし、仲良しだった。エレーナの本当の名前はオリガ・クルチナで、ウラジオストク出身だったの。わたしはナホトカで生まれ育ったんです」

「二人の出身地は近いんだ？」

「そう。だから、わたしたちは話がすごく合ったね。それで、とても親しくなったの。オリガは、売上の悪いわたしを励ましつづけてくれた。いい友達だった。でも、先月の五日に殺されてしまった。わたし、とても悲しいです。ちっとも瘦《や》せなかったんで、信じてもらえないかもしれませんけど、オリガが死んで五日間は水分しか摂《と》れなかったんです」

「それだけ悲しみとショックが大きかったんだろうな」

刈谷は脚《あし》を組んだ。

「わたし、毎日、泣いてた。オリガはお金が大好きだったけど、それは家族を養ってたからね。親は丈夫じゃないから、たくさん収入を得られない。弟と妹がお腹空《なか》かしていたら、かわいそうね。だから、オリガは少しでも多く稼いで、家に仕送りしてたんです」

「友達から聞いたんだが、オリガさんは土・日も泊まりがけで働いてたんだって？」

「そう。でも、そのことは詳しく話せないんです。オリガは自慢できないようなことをして高いアルバイト代を貰ってたみたいだから」

「どんなバイトをしてたのかな、オリガさんは」

「詳しいことは言えません。わたし、警察の人たちにも、オリガのサイドワークのことは教えなかったんです」

ソーニャが言って、話題を変えようとした。

刈谷はテーブルの下で五枚の万札を二つに折って、ソーニャに握らせた。

「これで、ブラウスでも買ってよ。実はおれ、犯罪ノンフィクション・ライターなんだ。オリガさんと親しかったんなら、早く犯人が捕まることを望んでるよね？」

「ええ。でも、死者《ダー》の名誉を傷つけることになるかもしれないから……」

「たとえオリガさんが犯罪に手を染めてたとしても、そのことは伏せるようにするよ。もちろん、きみに迷惑はかけない。取材協力費を受け取ってくれないか」

「いま喋ったこと、約束してくれますか？」

「ああ、約束は守るよ」

「それなら、わたし、あなたに協力します」

ソーニャが右の拳《こぶし》をスカートのポケットに入れた。

「ありがとう。協力《スパスィーバ》してくれるんだね」

「オリガは毎週土曜日の朝に栃木県の那須《なす》高原に出かけ、『ステップアップ』という自己啓発セミナー主催会社の講習会のアシスタント・スタッフをやって、日曜日の夜に東京に戻ってきてたの。そのたびに、三十万円のバイト代をキャッシュで貰ってたみたいなんです」

「割のいいバイトだな」

「わたしも、そう思った。だから、オリガは何か法律を破ってるかもしれないと……」

「そう考えたくなるよな。オリガさんは、どんな内容のバイトをしてたんだろうか。セミナー受講者たちにロシア語を教えてたのか。いや、そうではなさそうだな。たった二日で三十万のバイト代を得てたんなら」

「具体的なことはよくわからないけど、まともなアルバイトじゃない気がします。オリガはそういう裏仕事をやめようとして、雇い主に殺されたのかもしれない。わたし、そう考えてるね」

「オリガさんと一緒に殺害されたのは、関東テレビの報道部の記者だった。その彼は潜入取材して、恐るべき悪事を暴《あば》こうとしたんじゃないのかな。まったく面識のなかった被害者たちがホテルの部屋で一緒に死んでたわけだから、そう推測できるんじゃないか」

刈谷は言って、ソファに凭《もた》れた。ボーイがビールとカクテルを運んできたからだ。オードブルは、スモークド・サーモン、ハム、チーズの三点盛りだった。

ボーイが恭《うやうや》しく頭を下げ、テーブルから離れた。

「まずは乾杯しよう」

刈谷はビアグラスを摑み上げた。

3

職場に着いた。

刈谷は新宿署の一階ロビーに入った。にこやかな表情でエレベーターホールに向かう。

前夜は収穫があった。刈谷自身はソーニャ・レーピンから、オリガのアルバイトに関する情報を得ることができた。

三人の部下はビクトル・ブレジネフの自宅で開かれていたドラッグ・パーティーの最中

に麻布署の刑事に化けて踏み込み、大広間《サロン》で痴戯《ちぎ》に耽《ふけ》っていた十二人のロシア人男女を取り押さえた。司法取引をちらつかせたのは一種の罠だった。堀たちは『ボルシチ』のオーナーシェフを自宅に戻らせ、厳しく追及した。

ブレジネフは在日ロシア人たちを麻薬の虜《とりこ》にしていたことを認め、さらに東日本の暴力団に薬物と銃器を密売していると自供した。ロシア海域で密漁した水産物を『北洋シーフード』を経由させ、『五菱物産』に不正輸出したことも吐いた。

だが、ビクトル・ブレジネフは捜査本部事件には関わっていないと言い張ったらしい。『ハバロフスク』の真の経営者は、シロだったと判断してもいいだろう。

刈谷は、奥の秘密刑事部屋のドアを押した。

堀、律子、奈穂の三人がソファに腰かけ、コーヒーを飲んでいた。新津隊長の姿は見当たらない。午前九時半を回っている。いつもは自席に坐っている時刻だ。

「きのうはご苦労さん！　堀から電話で報告を受けたんで、みんなの活躍ぶりは知ってる」

刈谷は誰にともなく言った。最初に口を開いたのは、西浦律子だった。

「刈谷ちゃんが『ハバロフスク』で手がかりを摑んだことは、わたしも奈穂も堀から聞いたわ」

「そうですか。オリガの土・日のバイトを調べれば、隠れ捜査が大きく前進するような気がしてるんですよ」

「少し前、奈穂が『ステップアップ』のことをネットで検索したの。本庁捜二《そうに》知能犯係からも情報を提供してもらったそうよ」

「そうですか」

刈谷は律子に応じ、入江奈穂の前のソファに腰かけた。堀と並ぶ形になった。

「『ステップアップ』の本社は渋谷区神南《じんなん》にあって、那須高原の元リゾートホテルで就職活動がうまくいかないんでフリーターになった者、それから職場で冷遇されてリストラ解雇された二、三十代の元サラリーマンを対象にした自己啓発セミナーを開いてるんです。就活・転職のノウハウを伝授してるようですね」

奈穂が刈谷に言った。

「受講者たちは、元リゾートホテルで合宿しながら……」

「ええ、そうです。二カ月の合宿生活で大企業が欲しがる人材に育て上げるという謳《うた》い文句に惹《ひ》かれた人たちがセミナーに押しかけてるようです」

「アベノミクスで景気が少し上向いたと分析してるエコノミストもいるようだが、実体経済は前政権時代とあまり変わってない。相変わらず企業の多くはなるべく正社員数を減らして、非正規社員をうまく使い、人件費を浮かそうとしてる」

「そうですね。大企業だけではなく、準大手も同じです。中小や零細になると、若い従業員を過労死寸前まで扱《こ》き使って、ちゃんと給与を払わない会社も増加傾向にある」

「そうしたブラック企業は社員たちを〝労働ロボット〟と考えて、ボロボロになったら、ポイ捨てしてるんだろう。ひどい世の中になったもんだ」

「ええ、そうですね。本来、暴力団の企業舎弟《フロント》をブラックな企業と呼んでたんですが、近年、安い給料で派遣《はけん》社員や契約社員を扱き使ってる会社のことをブラック企業という言い方をするようになりました。素っ堅気の経営者がそうした悪どいことをしてるんですから、企業舎弟以下ですよね」

「そうだな、『ステップアップ』の自己啓発セミナーの受講料は？」

「三食付きで、受講料はわずか十万円です」

「二カ月でか？」

「ええ」

「安すぎるな。『ステップアップ』の経営者は何者なんだ？」

刈谷はセブンスターをくわえた。

「代表取締役は山根《やまね》行昌《ゆきまさ》、五十七歳です」

「そいつは資産家で、半《なか》ばボランティアで自己啓発セミナーを催してるのか？」

「そうじゃないんでしょう。山根の旧姓は望月《もちづき》です。四年七カ月前に身寄りのない老女の養子になって、苗字を変えたんですよ」

「その老女は資産持ちなのかな」

「いいえ、神奈川県内の賃貸団地で細々と年金暮らしをしてたんですが、二年三カ月前に病死してます」

「そうなのか。なぜ、山根は五十過ぎて養子になったんだろう？　そのことに引っかかるな」

「山根の犯歴照会をしたら、旧姓のころに投資詐欺罪で五年近く服役してたんですよ。旧姓だと、すぐに犯歴がバレてしまうでしょうから、養子縁組で氏《うじ》を変える気になったんでしょう」

「そういうことか。入江、山根はどんな詐欺をやったんだ？」

「いわゆる鉱物権投資を騙《かた》った詐欺で、全国から八十数億円の出資金を集め、デリバティブで大損して、配当金も払えなくなったようですね。それで、大型詐欺事件が……」

「八十数億円の出資金が集まったんで、山根は贅沢三昧《ぜいたくざんまい》の暮らしをしてたんだろうな」

「そうみたいですよ。白金《しろかね》の十億円の豪邸に住み、ロールスロイスを乗り回してたようです。クルーザーや自家用ヘリも所有してたみたいね」

「元詐欺師が心を入れ替えて、世渡りの下手な二、三十代の受講者をタフなビジネスマンに仕立てようと本気で考えてるとは思えないな。何か裏がありそうだ」

「刈谷ちゃん、わたしもそう思うわ。老女の養子になって改姓するような男が改心するわけないわよ」

律子が言った。堀も同調した。

「入江は、どう思う？」

刈谷は奈穂に訊《き》いた。

「わたしも、山根は何か企んでると睨みました。ホームページで確認したんですが、なぜか受講者は若い男性に限られてるんですよ」

「そうなのか。正規雇用された女性の数は、男性よりもずっと少ない。『ステップアップ』が本気で若い世代の就職や転職を支援したいと考えてたら、女性にもセミナーを受講させるはずだ」

「ええ、そうですね。受講者を二、三十代の男性に絞ったのはなぜなんでしょう」

「山根は妻帯者なのか？」

「そのへんはわかりません」

「結婚歴がないとしたら、『ステップアップ』の社長は同性にしか興味がないのかもしれないわよ。ね、刈谷ちゃん？」

　律子が話に割り込んだ。

「山根がゲイだとしても、パートナーを見つける目的でわざわざ自己啓発セミナーを開く必要もないでしょ？　新宿二丁目の酒場を二、三分覗けば、好みの相手は見つかるでしょうから」

「そっか、そうだね」

「セミナーが開かれてる元リゾートホテルは、『ステップアップ』が丸々借り上げてるんだろうな。それとも、山根が上物《うわもの》付きで土地を買ったんだろうか」

「そのあたりのことは、まだわかりません。捜二知能犯係の情報によると、セミナー受講者の何人かが行方不明になってるようですから、なんか怪しいですよ」

「そうだな」

「主任、自分が受講者を装ってセミナーに潜り込んでみるっすよ」

　堀が提案した。

「潜入捜査するなら、おまえが適任だと思うが……」

「どうして言葉を濁したんす？」

「もう堀は大学生には見えないし、気弱な元サラリーマンという感じじゃない。元やくざというなら、はまり役だけどな」

「自分、気の弱そうな三十男に見えるよう芝居をするっすよ」

「うまく演技できたとしても、受講者たちは二カ月の合宿中は軟禁状態にされてるのかもしれないぞ。そうだとしたら、携帯やスマホを預けさせられて、外部と連絡が一切取れないんだろう」

「セミナーの内容が法律に触れてたら、自分、身分を明かすっすよ」

「トレーナーたちはレスラーみたいな屈強《くっきょう》な男ばかりなのかもしれないぞ。そうなら、堀は手足を縛《しば》られて、地下室かどこかに監禁されそうだな」

「なら、自分と主任が前後してセミナー受講者になって、元リゾートホテルに潜り込みましょうよ。それで、外で待機してる西浦さんと入江に連絡をする。危《ヤバ》いことになったら、栃木県警に出動要請をすればいいと思うっす」

「地元の県警に助《ス》けてもらったら、チームの存在を知られてしまうだろう。おれは三十七歳だから、もう若いとは言えない。それに、気の弱そうな元勤め人にも見えないだろう」

「主任、わたしが男装して堀さんと一緒に合宿所に潜入しましょうか。胸をさらしできつく締めつけてれば、男性に見えないこともないでしょう」

奈穂が言った。

「体つきで女だと見破られてしまうよ。入江が潜入することは無理だ」

「そうでしょうか」

「刈谷ちゃん、わたしが『ステップアップ』の本社を訪ねて、調理スタッフとして雇ってほしいと売り込んでみようか？」

「西浦さんや入江が元リゾートホテルに潜り込むのは危険です。誰が潜入するかは後で決めましょう」

「わかったわ」

「まずは女性陣に雑誌記者になりすまして、山根にインタビューを申し込んでもらいます。取材を断られたら、なんとか山根の居所を探り出してください」

「わかったわ」

「堀とおれは山根の居場所がわからなかったら、那須高原に行ってみますよ。元リゾートホテルの周辺で聞き込みをします」

「それじゃ、わたしと奈穂は『ステップアップ』の本社に行くわ。車、プリウスを使うね」

「わかりました」

刈谷は短い返事をした。律子と奈穂がソファから立ち上がって、秘密刑事部屋から出ていった。

「おまえがアジト入りしたとき、隊長はいなかったのか？」

刈谷は堀に訊いた。

「ええ、いなかったっすね」

「遅れるという連絡もなかった？」

「なかったっす。新津さん、体の具合が悪いのかな。高熱を出して、寝込んじゃったんすかね？」

「もう少ししたら、隊長の携帯を鳴らしてみるよ。それはそうと、オリガは毎週土・日に那須高原の元リゾートホテルに通って、どんなバイトをしてたんだと思う？」

「二日で三十万のバイト代を貰えるんだから、やっぱり受講者にロシア語を教えたとは考えられないっすよ。受講者は二、三十代の男ばかりだから、オリガは性的なサービスをしてたんじゃないっすかね。多分、デリバリーヘルス嬢みたいなことをしてたんでしょ？受講者たちは二カ月の合宿生活をしなければならないわけっす」

「そうだな。マスターベーションだけじゃ、物足りない。山根という社長は若い男の性欲の強さを知ってるだろうから、白人女性に性的サービスをさせることを思いついたのかもしれないな」

「多分、そうっすよ。三食付きで二カ月セミナーを受けても、たったの十万しか取られない。その上、性的サービスも受けられるんなら、受講者はご機嫌でしょ？」

「そうだろうな。『ステップアップ』はそうした先行投資をしてるわけだから、当然、大きな見返りを期待してるな」

「それは間違いないっすよ。詐欺の前科のある山根社長は就活でつまずいた大学生や二、三十代の失業者にもっと強く生きないと、いい思いはできないぞと刷《す》り込んで、アナーキーになれと煽《あお》ってるんじゃないっすかね」

「それで、投資詐欺の実行犯にさせようと企んでるんだろうか。山根は服役してるんで、今度は直《じか》に手を汚さないで他人《ひと》の金をうまくせしめようと悪知恵を働かせたのかな」

「ええ、おそらくね。振り込め詐欺やリフォーム詐欺はもう通用しないでしょうけど、悪知恵を働かせれば、新手《あらて》の詐欺は可能なんじゃないっすか？」

「そうだろうな。最近は、シェールガスの採掘権などを餌《えさ》にした投資詐欺なんかも発生してるようだから、騙す材料はいろいろ思いつくんだろう」

「そうっすね。主任、受講者たちをマインド・コントロールするのに言葉だけじゃなく、幻覚剤や精神攪乱《かくらん》剤も使ってるのかもしれないっすよ。トレーナーがどんなに話術に長《た》けてたとしても、言葉で誘導か煽動されただけじゃ、冷静になったとき……」

「刷り込まれた物の考え方や見方が歪《ゆが》んでると見抜くだろうな」

「ええ。ロシアの情報機関やアメリカのＣＩＡは仮想敵国の工作員を取っ捕まえると、それぞれが独自に開発した精神破壊剤で記憶を混乱させてるそうっすよ。二重スパイだった自国の情報員にも同じようなことをしてるらしいんです」

「その真偽は確かめようがないが、おれも似たような話を聞いたことがあるよ。しかし、元詐欺師の山根行昌がそこまで手の込んだやり方で、セミナーの受講者をアナーキーな気分にさせてるとは思えないな」

「もしかしたら、『ステップアップ』はオリガと同じ白人女性をたくさん雇って、受講者たちを色仕掛けで、御《ぎょ》しやすい人間に仕立ててるんじゃないっすかね。濃厚な性的サービスをされつづけてたら、蟻地獄から脱け出せないでしょ？　淫《みだ》らな行為をこっそり動画撮影されてたら、受講者たちはセミナーのトレーナーたちには逆《さか》らえなくなるんじゃないっすか？」

「ああ、多分な」

「危険は承知っすけど、自分に潜入捜査をさせてくれませんか。万が一のことがあっても、誰も恨まないっすよ」

堀が言った。

「そう逸《はや》るな。確かにチームの誰かがセミナーの受講者に化けて潜り込まなきゃ、山根の考えてることはわからないのかもしれないがな」

「絶対に、そうっすよ」

「そうしなければならなくなったときは、おまえに潜入してもらうことになるだろう。しかし、その前に山根の身辺を探《さぐ》ってみる必要がある。だから、あまり急《せ》くなって」

刈谷は忠告した。

数秒後、新津隊長から刈谷に電話がかかってきた。

「もうアジトに入ってるね？」

「ええ。隊長、体調がすぐれないんですか？」

「いや、元気だよ。いま、署長室にいるんだ。部下たちには黙って、こっちに来てくれないか」

「わかりました」

刈谷は電話を切って、手洗いに立つ振りをした。捜査資料室を出て、エレベーターで一階に下《くだ》る。

署長室と副署長室は一階の奥まった場所にあった。刈谷は周《まわ》りに人がいないことを目で確かめてから、署長室に入った。

本多署長と新津隊長は深々としたソファに腰かけていた。コーヒーテーブルを挟んで向かい合う形だった。

「わざわざ来てもらって、悪いな。別にチームに発破《はっぱ》をかけるわけじゃないんだ。ま、坐ってくれないか」

「はい」

刈谷は署長に目礼し、新津の真横に坐った。

「きみの部下たち三人が昨夜《さくや》、ビクトル・ブレジネフの自宅に麻布署の刑事を装って踏み込んだことは麻布署の署長に知られてしまった。ドラッグ・パーティーに参加してた在日ロシア人のファッションモデルは、麻布署の生安《せいあん》（生活安全）課《か》の刑事たちの顔を知ってたんだよ。それで、偽刑事と司法取引をしたことを喋っちゃったらしい」

「そうですか。なぜ麻布署の署長は、堀たち三人がブレジネフ宅に踏み込んだことがわかったんです？」

「署長は、わたしよりも二年遅く警察庁に入ったんだよ。キャリアの後輩は、わたしのシンパなんだ。捜査別働隊を非公式に結成させたことまでは話していないが、優秀な刑事たちに密かに隠れ捜査をさせてることはどうも感じ取ってるようだな。それで、わたしに探りの電話をかけてきたんだよ。むろん、シラを切り通したさ」

「ご迷惑をおかけしました。今後は気をつけます」

「麻布署の署長はクレームをつけてきたんじゃないんだ。密告電話があったおかげで、極東マフィアのメンバーを一網打尽にできそうだとお礼を言ってきたんだよ」

「そうだったんですか」

「しかし、はぐれキャリアのわたしの敵は少なくない。麻布署の署長はわたしにシンパシーを感じてくれてるが、他《た》の警察官僚には好かれてないんだ」

本多が苦く笑った。

「自分を含めて、別の所轄や本庁捜査一課の刑事を装うときは細心の注意を払うことにします」

「そうしてもらえると、ありがたいね。チームをできるだけ長く存続させたいんだ」

「こっちも同じ気持ちです」

「新津隊長の話だと、オリガの泊まりがけのアルバイトが謎を解く鍵になりそうだということだが……」

「ええ、そう考えてます」

刈谷は自分の推測を話しはじめた。

4

秘密刑事部屋のドアがノックされた。

刈谷はソファから立ち上がった。律子と奈穂が『ステップアップ』の本社に向かったのは、三十数分前だった。

刈谷は署長直属の日垣警部に、山根行昌が引き起こした詐欺事件の調書を本庁捜査二課知能犯係から取り寄せてくれるよう頼んであった。やはり、訪ねてきたのは日垣だった。

「すぐに本庁から送信されてきたんですね？」

「そうなんだ。これがプリントアウトしたものなんだが、だいぶ分量があるんだよ」

「お手間を取らせました。共犯の連中は出所後、山根とは交友があるんでしょうか」

「いや、二人の従犯とは縁が切れてた。ちょっと調べてみたんだよ。それから、山根の現住所は渋谷区広尾《ひろお》二丁目にある『広尾ロイヤルパレス』の九〇一号室だったよ。独り暮らしのはずだ。山根は服役して間もなく、妻と離婚してる」

「そうですか」

「『ステップアップ』の受講者から金品を騙し取る気はないんだろうが、おそらく山根は何か企んでるんだろうな」

日垣がプリントアウトの束を刈谷に手渡し、秘密刑事部屋を出ていった。

刈谷は自席につき、事件調書に目を通した。詐取《さしゅ》した金は逮捕時には、数百万円に減っていた。デリバティブで大損をしたのだろう。

山根は出所後に何か悪事を働いて、新たな事業資金を調達したと思われる。

刈谷は、読み終えたプリントアウトを隣席の堀刑事に渡した。堀が古い事件調書を捲《めく》りはじめた。

それから間もなく、入江奈穂が刈谷に電話をかけてきた。

「まだ社長の山根はオフィスに出ていませんでした」

「そうか。オフィスはどんな感じだった？」

「大きなビルのワンフロアを借りて、美人の受付嬢を二人も並ばせてました。わたしたちは予定通りに雑誌社の人間を装って取材の申し込みをしたんですが、受付嬢は社長に伝えておくと素《そ》っ気《け》なかったな。山根は前科者だから、マスコミに取り上げられたくないんですかね」

「そうなのかもしれないな。日垣警部が山根の自宅の住所を調べてくれた。広尾のマンションで独り暮らしをしてるようだ。多分、山根はまだ自宅にいるんだろう」

「そちらに西浦さんと回りましょうか?」

「いや、入江たちは関東テレビの報道部関係者と会ってみてくれないか。特集班の井出健人が『ステップアップ』のことを取材してたかどうか探りを入れてほしいんだ」

「わかりました」

「おれがなんとか山根に接近するよ。話を戻すが、『ステップアップ』に行って、何か気になったことはなかったか?」

「そういえば、五十代後半の夫婦が受付嬢に『セミナーを受講してる大学生の息子に親兄弟、友人、知り合いとの電話連絡を取らせないのはおかしい。自己啓発セミナーを装ってるが、実はカルト教団が就職や転職問題で悩んでる若い世代を取り込もうとしてるんじゃないのか』と怪しんでる様子でした」

「それに対して、受付嬢は?」

「怪しいセミナーではないんで、どうか安心してくださいと応じてました」

「自己啓発セミナーは受講中、外部の者との電話やメールを禁じてるケースが多いんだろうか」

「そうなのかもしれませんね」

「でも、『ステップアップ』の本社を訪れた夫婦は、セミナーに何か胡散《うさん》臭さを感じて、息子のことを案じてるんだろうな」

「そうなんでしょう」

「場合によっては、堀を受講者としてセミナーに潜り込ませようと考えてる。携帯電話やスマホの使用は禁じられてるようだから、堀には腕時計型の特殊無線機を装着させるつもりだ」

「合宿所に使われてる元リゾートホテルから半径五百メートル以内なら、交信可能です。ですんで、セミナーの内容はわかるでしょう。でも、堀さんひとりで大丈夫かしら？」

「心配だが、おれと二人で潜入したら、かえって不審がられるだろう」

「そうなんでしょうけど……」

「入江、心配するな。どんなことがあっても、おれは部下を見殺しにはしない」

「わたしも、同じ気持ちです。西浦さんも決して仲間を見殺しになんかしないでしょう」

「そう信じてるよ。とにかく、西浦・入江班は関東テレビに行ってみてくれ」

刈谷はポリスモードを折り畳み、かたわらにいる部下に通話内容を伝えた。

「息子のことを心配してる親が言ってたように、山根はカルト教団を結成して若い者たちを洗脳し、とんでもないことをやらかそうとしてるんすかね。こんな時代だから、二、三十代の人間は生きにくさを感じてる。うまくアジられたら、アナーキーに生きてもいいやと思うんじゃないっすか？」

「そうだろうが、カルト教団なら、女性の受講者も受け入れるんじゃないか？」

「ええ、そうっすね」

「日垣警部が山根行昌の自宅の所在地を調べてくれたんで、おれたちは広尾に行ってみよう。ただし、山根と会うのはおれだけだ。堀には合宿所に潜り込んでもらうことになるかもしれないからな」

「事前に山根と会ったりしたら、自己啓発セミナーに潜入できなくなるっすからね。自分は車の中で待ってるっすよ」

「そうしてくれ」

「主任、どんな手を使うつもりなんすか？」

堀が問いかけてきた。

「少し前に思いついたことなんだが、おれに数十億円の遺産が転がり込んできたという作り話で山根に面会を求めようと考えてるんだ」

「山根のやってることに賛同したんで、事業を支援したいと持ちかけるわけっすね？」

「そうだ。どうかな？」

「興味を示すんじゃないっすか。山根がどんな悪巧《わるだく》みをしてるかわかんないっすけど、活動資金は多いほどいいでしょうから」

「よし、この作戦を実行しよう」

刈谷は椅子から立ち上がった。堀も腰を浮かす。

二人は捜査資料室を出た。そのとき、物陰に身を隠す者がいた。刑事課長の持丸だった。

「尻尾《しっぽ》が見えてるな」

刈谷は大声でからかった。すると、持丸が体を反転させた。

「過去の事件調書を閲覧しに来たんじゃないな。あんたは、捜査資料室のスタッフが職務以外のことをやってるんじゃないかと邪推《じゃすい》して、こそこそと様子をうかがってたわけだ」

「刈谷、口を慎め！　階級は同じでも、おまえのほうが年下なんだ。あんただと!?」

「前にも言ったが、おれはあんたの部下じゃない」

「生意気な奴だ」

「だから、何なんだっ」

「図に乗るな！　捜査資料室の人間が出たり入ったりするのは、不自然じゃないか」

「堀もおれも朝食をまだ喰ってないんで、食堂に行くんだ。何か文句があるのかな？」

「おまえらが合法じゃないことをしてる証拠を必ず摑んでやる！」

「あんたこそ職務をほったらかして、問題があるんじゃないのか。え？」

刈谷は皮肉たっぷりに言って、大股で歩きだした。すぐに堀が肩を並べる。

「持丸課長にチームの存在を知られたら、本多署長はまずいことになるんじゃないっすか？」

「堀、堂々としてろって。新津隊長や部下の四人が与えられた任務しかやってないと主張しつづければ、署長の進退伺《しんたいうかが》いまでには発展しないさ」

「そうっすかね」

二人は口を閉じ、エレベーターで地下二階に下《くだ》った。

スカイラインに乗り込む。堀の運転で、広尾に向かった。

山根の自宅マンションを探し当てたのは、およそ三十分後だった。十三階建てで、ひと際《きわ》目立つ。

刈谷は車を『広尾ロイヤルパレス』の五十メートルほど先に停めさせ、自分だけ助手席から離れた。引き返し、山根の自宅マンションの集合インターフォンの前に立つ。テンキーに指先を伸ばす。

刈谷は九〇一と部屋番号を押した。

少し待つと、スピーカーから男の声が流れてきた。

「どなたでしょうか？」

「わたし、轟《とどろき》という者です。山根行昌さんでいらっしゃいますね？」

「ええ、そうです。ご用件は？」

「あなたが催されてる自己啓発セミナーの趣旨に賛同したもので、ご迷惑を承知で押しかけた次第です」

「それはそれは……」

「亡父の遺産を何か有意義なことに遣《つか》いたいと考えておりまして、場合によっては五億ほど『ステップアップ』さんに寄附してもよいと思ってるんですよ」

「それは、とてもありがたいお話です。いまオートドアのロックを解除いたしますので、わたしの部屋にいらしてください」

「それでは、お邪魔させていただきます」

刈谷は集合インターフォンから離れ、エントランスロビーに入った。床材は大理石だった。エレベーターは三基あった。

刈谷は最も手前の函《ケージ》に乗り込んだ。

各種の偽名刺を持ち歩いている。轟玲次《れいじ》という架空の人物は、流通会社の二代目社長ということになっていた。会社の所在地はでたらめだったが、私物のスマートフォンの番号は正確に刷り込んである。

ケージが九階で停止した。

刈谷は九〇一号室のドアフォンを響かせた。待つほどもなくドアが開けられた。

山根は一見、紳士然とした風貌だった。しかし、目はどこか狡猾《こうかつ》そうだ。

「轟です」

刈谷は平然と嘘をつき、部屋の主に偽名刺を差し出した。

「思っていたよりもお若い方なので、少し驚きました」

「わたし、父の会社の経営を引き継いだのですよ。この春に病死した父親は商才に恵まれていたのか、創業した流通会社を大きくしました。傘下のグループ企業を含めて従業員は五千数百人になります」

「不勉強で御社の名はどこかで聞いた記憶があるんですが、精《くわ》しくは存じ上げません。しかし、二代目社長がわざわざ拙宅まで足を運んでくださったとは、実に光栄です」

山根は偽名刺を押しいただき、刈谷を請《しょう》じ入れた。

刈谷は三十畳ほどの居間に通された。間取りは3LDKのようだが、各室は割に広い。ベッドルームのドアは半開きだった。ダブルベッドが見える。

「独りで暮らしてるので、部屋が片づいていません。見苦しいところをお見せしてしまいました」

山根が寝室のドアを慌てて閉め、刈谷をリビングソファに坐らせた。自分は腰かけようとしない。茶の用意をする気になったのだろう。

「どうかお構いなく」

刈谷は言った。

「いまコーヒーを淹《い》れます」

「本当にお気遣いなさらないでください」

「何もおもてなしができなくて、申し訳ありません」

山根がそう言いながら、コーヒーテーブルの向こう側に腰を沈めた。

「山根さんの会社が就職活動で挫折感を味わった若い人たちを元気づけるようなセミナーを開催されていることを人材会社の方からうかがって、まだ日本にも俠気《おとこぎ》のある方がおられると感じ、わたし、なんだか嬉しくなりました」

「いまの若い世代は気の毒です。一九九〇年代以降、正社員への門は狭まるばかりです。最近は大卒男子でも四人にひとりは、初めて就く仕事が非正規なんですよ。轟さんは当然、ご存じですよね？」

「ええ。企業経営者はコストのことばかり考えて、正社員を減らしつづけてきました。死んだ父親は、社員たちが会社を支えてることを一時《いっとき》も忘れませんでした。家族と同じなのだと、よく言ってました。ですので、小社は全従業員が正規雇用です」

「ご立派ですね。社内留保が少し減ると、大半の大企業が利益を最優先して、人材を長期的に育てていく気がない。リストラをやって〝追い出し部屋〟まで設ける始末です。偉そうなことを言っている経済人たちも、誇れるような経営哲学なんか持ってない」デフレ不況が長引いたからといって、そんな安易に人材を切り捨てては、いけませんよ。

「ええ、そうですね。そういう時代だから、若い世代は、〝とにかく正社員になりたい〟という焦《あせ》りを覚えてしまう」

「そういう弱みにつけ入っているのが、いわゆるブラック企業です。正社員を餌《えさ》に大量に新入社員を採用し、長時間、ハードな労働を強《し》いる。激務に耐えられない社員は使えないと見切られ、パワハラで離職に追い込む。惨《むご》い話ですよ」

「人材の使い潰《つぶ》しが横行する社会は、明らかに病《や》んでます。おかしいですよ。若い働き手を単なるコストとして扱う企業には、まるで理念がない。正社員と非正社員の年収差が平均八十万から百六十万円もあるのは、大問題ですね。年齢が上がるにつれ、差はどんどん広がっていく。非正規従業員の士気《しき》は上がりっこありません」

「轟さんがおっしゃる通りです。二、三十代のサラリーマンの四割近くが非正規社員では会社の前途は暗いですよ。同じ世代の女性のおよそ六割が契約かパート社員です。企業の経営を担《にな》っている連中は自分が生きている間、安逸《あんいつ》な暮らしができればいいと思ってるのでしょうね。そんなエゴイストばかりでは、この国はもう再生できないでしょう」

「そうかもしれませんね」

「わたしは、これから日本を支えなければならない二、三十代の若手になんとか活力を与えたいという思いから、自己啓発セミナーを開くことにしたのです。正社員になれないからといって、ネガティブになってはいけません。腐らずに能力を発揮すれば、必ず道は拓《ひら》けるとエールを送りたいのですよ」

「聞いたところによると、二カ月の合宿中は三食付きで十万円しか受講者からお金を貰ってないとか?」

刈谷は確かめた。

「ええ。今度のセミナーは、採算は度外視してます。赤字は最初っから覚悟してます。現在、受講者は約百五十八人いますので、受講料だけでは食事代や光熱費を賄《まかな》うのがやっとで、講師、トレーナー、セミナー・スタッフたちの報酬は持ち出しです」

「それは大変ですね」

「不動産を売却して、なんとか経費を工面しています。幸い合宿所に使用してる元リゾートホテルは持ち主から安く借りられたので、辛《かろ》うじて遣り繰りしてます。しかし、やがてセミナーの運営はできなくなってしまうでしょう」

「厳しいのですね」

「ええ。法人を回って、カンパをお願いしているのですが、協力企業はほんの数社でした」

「そうですか」

「来年の春ぐらいまでは歯を喰いしばって頑張ろうと思ってたのですが、正直なところ、心細くなってきました。轟さんのような篤志家《とくしか》が現われなかったら、『ステップアップ』は倒産することになっていたでしょう。この世に、神はいたんですね」

「合宿所は、那須高原のどのあたりにあるのでしょう？」

「那須ハイランドのゴルフ場から六キロほど西寄りにあります。黒滝山《くろたきやま》の裾野あたりです」

「いい所なのでしょうね？」

「ええ。ですけど、保養地から少し外れていますので、リゾートホテルは営業不振に陥ってしまったのでしょう。一応、ホテルと名は付いてましたが、大きなペンションに毛が生えた程度の大きさなんです。四階建てですが、プチホテルといった趣《おもむき》ですね」

「一度、見学させていただけますか？」

「セミナー開催中は、ご案内できないのですよ」

「なぜなんです？」

「自己啓発の初期段階で、講師やトレーナーたちが他人に利用されつづけてきた受講者を徹底的に自己否定させています。強い精神の持ち主に成長させるためのステップなのですが、受講者たちは自分がトレーナーらにいじめられていると感じて、泣きだす者が続出しました。喚《わめ》きながら、講師やトレーナーに殴りかかる者もいますね」

「そうして彼らに、弱い部分を棄《す》てさせているわけですか」

「そうです、そうです。それからトレーナーたちが各自の長所を引き出して、自信を持たせていくわけですよ。そうすると、受講者たちは潜在的な能力を驚くほど発揮します」

「セミナーで受講者たちの性格を意図的に変えて、何事に対してもポジティブになれるように指導してらっしゃるのですね？」

「ええ、そうです。合宿所を脱走する者がたまにいますが、自分たちの人格を操作されたと曲解《きょっかい》してるようです。ですが、それは違います。わたしたちは羊のようだった受講者を強く逞《たくま》しい人間に鍛《きた》え直してるだけです」

「セミナーが開かれてるときは、受講者は神経過敏になっているでしょうね？」

「その通りです。ですので、他者の目がすごく気になるわけです。せっかく生まれ変わろうとしている受講者が妙な自意識に引きずられたら、当人はもちろんトレーナーたちの努力と苦労が報《むく》われません。そんな理由で、セミナー開催中の合宿所にはお招きできないのですよ。どうかご理解ください」

山根が頭を下げた。

「わかりました」

「ご寄附の催促をしたと受け取られてしまうでしょうが、できれば年末までに一億円ほどカンパしていただけると、とても助かります」

「まず三億を寄附して、来春には残りの二億円をお渡ししましょう」

「そうしていただけたら、どんなにありがたいことか……」

「一度、合宿所を見せてくださいね」

「セミナーが終わったら、あなたにご連絡します。ただ、少し先になるかもしれません。と申しますのは、受講者は随時受け入れていますので、合宿所がなかなか空《から》にはならないのですよ」

「気長に待ちます。また、お目にかかりましょう。きょうは、これで失礼します」

刈谷は暇《いとま》を告げ、九〇一号室を出た。マンションを出て、スカイラインに向かって歩きはじめる。

二十メートルほど進むと、刈谷の懐で刑事用携帯電話《ポリスモード》が着信音を発した。

刈谷はポリスモードを摑み出した。発信者は入江奈穂だった。

「関東テレビ報道部のデスクから、耳寄りな情報を得られました。特集班の協力スタッフのフリーライターが『ステップアップ』の自己啓発セミナーを個人的に取材してたらしいんですよ」

「その者のことを教えてくれないか」

「はい。高倉公敬《たかくらきみたか》という名で、三十二歳だそうです。高倉氏は殺害された井出記者と親しかったみたいですよ。でも、そのフリーライターは二カ月ほど前に突然、消息不明になったんですって」

「井出は、急に連絡が取れなくなった高倉公敬の行方を追ってるうちに、何か知ってはならないことを知ってしまったんじゃないだろうか」

「主任、フリーライターの高倉氏は受講者になりすまして、自己啓発セミナーが開かれてる那須高原の合宿所に潜り込んだんではないでしょうか」

「つまり、潜入取材をしてた？」

「ええ。でも、セミナーの講師かトレーナーに怪しまれて……」

「もしかしたら、そうだったのかもしれませんよ。井出記者は協力スタッフを捜してるうちに、その事実を知った。それだから、自分も葬られることになったんじゃないのかしら？　ロシア人ホステスのエレーナことオリガ・クルチナも、元リゾートホテルに一泊して何か率のいいバイトで稼いでたわけですよね？」

「殺《や》られた？」

「そう考えると、井出記者とオリガは間接的にだが、一本の線で繋《つな》がるな。リスキーだが、堀をセミナー受講者に仕立てるか」

刈谷は電話を切り、スカイラインに向かって駆けはじめた。

第五章　悪謀の構図

1

　丘の頂《いただき》に到達した。

　刈谷は双眼鏡を目に当てた。黒滝山の裾野の丘陵地である。

　山根の自宅マンションを訪れたのは一昨日《おととい》だ、その日の午後、チームは二手に分かれてフリーライターの高倉公敬と井出記者の実家に足を運んだ。

　親族の証言で、二カ月前に高倉が那須方面に取材に行くと言い残して自宅を出たことは裏付けられた。だが、そのままフリーライターは忽然《こつぜん》と消えてしまった。

　三日後、高倉の実父が所轄署に息子の捜索願を出した。所轄署は栃木県警の協力で、高倉公敬が那須高原周辺の防犯カメラに映っていたことを確認した。

しかし、自己啓発セミナーが開かれている元リゾートホテルの近くではフリーライターは目撃されていない。だからといって、高倉が取材を放棄したとは言えないだろう。合宿所の周《まわ》りには、民家も商店もない。そんなことで、たまたまフリーライターは人目につかなかったのではないか。

高倉が失踪して一週間後、井出健人は休日を利用して自分の車で那須周辺を巡《めぐ》っていたことも身内の話で明らかになった。協力スタッフの高倉を捜し回っていたにちがいない。ただ、残念なことに井出記者が『ステップアップ』主催の自己啓発セミナー合宿所に接近したことまでは確認できなかった。

親兄弟の証言によると、井出は休日のたびにマイカーを駆って栃木県に出かけていたらしい。そのことから、失踪人の行方を追っていたと考えられる。

チームの堀刑事がセミナーの受講者になったのは、きのうである。彼は正午過ぎに合宿所入りした。携帯電話やスマートフォンはセミナーのトレーナーに預ける規則になっているという。

潜入捜査を開始した部下から早く情報を得たかったが、あえて刈谷は腕時計型の特殊無線機をコールしなかった。受講中に交信することにでもなったら、潜入捜査は失敗してしまうだろう。

刈谷は堀のことが気がかりだったが、部下からのコールを待ちつづけていた。だが、まだ一度も無線連絡はない。堀は慎重になっているのだろう。

刈谷は、レンズの倍率を最大にした。

眼下の元リゾートホテルがぐっと迫《せま》った。窓は、すべてブラインドで閉ざされている。内部の様子はわからなかった。

敷地の一部に自然林が取り込まれている。広い庭を双眼鏡で覗いていると、建物の中から精悍《せいかん》な男が現われた。
三十四、五歳で、髪はクルーカットだった。編上靴《へんじょうか》を履《は》き、Tシャツの上に野戦服のようなジャケットを羽織《はお》っている。自己啓発セミナーの講師やトレーナーではなさそうだ。山根社長のボディーガードなのかもしれない。
刈谷は一瞬、そう思った。しかし、用心棒なら、東京の山根をガードしているだろう。いったい何者なのか。

正体不明の男は自然林の中に分け入った。

刈谷は腕時計型の特殊無線機を見た。午後一時四十分過ぎだった。
七、八分が流れたころ、自然林の中から三人の男が姿を見せた。いずれも二十代の半ばだろう。

揃って体格には恵まれ、三人ともジャージの上下をまとっていた。靴はジョギングシューズで、どこにでもいそうな若者ばかりだ。セミナーの受講者なのではないか。

彼らの目は異様な光を放っている。野獣のような眼光だが、なんとなく気《け》だるげだった。

ほどなく三人は、元リゾートホテルの中に消えた。自然林の中に何か施設があるようだが、人影は見当たらない。地下壕でもあるのだろうか。

ポリスモードが振動した。マナーモードにしてあった。

刈谷はドイツ製の双眼鏡を左手に持ち、上着の内ポケットからポリスモードを摑み出した。発信者は新津隊長だった。

「堀君からコールはあったかい？」

「いいえ、まだありません」

「そうか。いつも彼の近くに誰かがいて、きみと交信するチャンスがないんだろうな」

「だと思います。ですが、トイレのブースにでも籠《こ》もれば、交信は可能でしょう。そのうちチャンスを見て、堀は連絡してくるにちがいありません」

「そうだろうね。合宿所の中の様子はうかがえるのか？」

「いいえ」

刈谷は、元リゾートホテルの窓がことごとくブラインドで閉ざされていることを話した。

「セミナー合宿所の周りに民家や別荘があるのかな？」

「いいえ、ありません。周辺の高みから、建物の中は覗けます。すべての窓をブラインドで塞《ふさ》いでるのは、トレーナーたちが受講者を心理的に追い込んでるからなんでしょう。山根は、まず受講者たちに自己否定させてると語ってました。講師やトレーナーは強い口調で反省させてるんでしょう、参加者たちをね」

「平手打ちをしたり、突き倒したりしてそうだな。そんなシーンを丘の上から誰かに見られたら、一一〇番されかねない。それを避けたくて、ブラインドを下げてるんではないかな」

「多分、そうなんでしょうね。班長、敷地の一部は自然林のままなんですが、どうもその林の中に地下壕か要塞《ようさい》めいた建物がありそうなんですよ」

「えっ、そうなのか」

新津が驚きの声をあげた。刈谷は、気になった四人の男のことを話した。

「野戦服に似たジャケットを羽織ってた男は陸自のレンジャー部隊の元教官か、傭兵《ようへい》崩れとは考えられないだろうか」

「そう言われれば、動作がきびきびしてましたね。そうだとしたら、ジャージの三人は受講者なんでしょう」

「だとしたら、どんなことが考えられる? もっと強くなれと受講者たちに柔道、空手、少林寺拳法なんかを教えてるんだろうか。刈谷君、どう思う?」

「単に武道をセミナー参加者に教えるんだったら、元リゾートホテル内でもいいわけでしょ?」

「そうか、そうだね。わざわざ敷地の外れにある地下壕か要塞じみた別棟に受講者を移動させてるんだから、柔道や空手を教えてるんじゃないな」

「編上靴を履《は》いてた男は、銃器の扱い方や殺人テクニックを受講者たちに教えてるのかもしれません」

「なんのために?」

「ブラック企業で使い潰されたり、リストラ解雇された元会社員たちを自己啓発セミナーで巧みに煽動《せんどう》して、アナーキーな気分にさせ、殺人ロボットに仕立てようとしてるんじゃないでしょうか」

「ま、まさか!?」

「閉塞的《へいそくてき》な社会が二十年以上もつづいてきたんですから、クレージーな犯罪に走る奴が出てきても、別に不思議じゃないでしょう?」

「きみの筋の読み方が正しいとしたら、山根行昌は殺人マシンに育て上げた受講者たちを代理殺人の実行犯にする気でいるんだろうか」

「それ、考えられますね。山根は大口詐欺がバレて、服役することになった。同じ犯罪で荒稼ぎしても、また逮捕《パク》られるかもしれない。そこで、詐欺師は代理殺人ビジネスを思いついたのか。金、色、恨《うら》みから他人を殺《あや》めたいと思ってる男女は大勢いるでしょう」

「だろうね」

「山根は復讐殺人を請け負えば、おいしい思いができると算盤《そろばん》を弾《はじ》いたのかもしれませんよ。成功報酬額を数百万円と安くすれば、依頼人は殺到すると思います」

「山根は自分の手は汚さずに、殺人ロボットに仕立てた受講者たちに人殺しをさせる。そして、その後、依頼人に追加分を請求する気なんではないか。依頼人は弱みがあるんで、追加要求に応じざるを得ないだろう」

「ええ。その気になれば、依頼人の全財産を毟《むし》り取ることも可能だと思います」

「詐欺師なら、そのぐらいのことは考えるだろうな。しかし、実行犯はプロの殺し屋じゃない。射撃や殺人テクニックを教わっても、なんの恨みもない人間を葬ることはできないと思うがな。たとえマインド・コントロールされて、凶暴な人間に変貌したとしてもね」

「いきなり一面識もない人間を始末することにはためらいがあると思います。山根は、殺人マシンに育てた受講者に最初は彼らを使い捨てにしたブラック企業経営者や理不尽な人員整理をした企業の重役たちに仕返しさせるつもりなんではないでしょうか」

「殺しのエチュードか」

「そうした仕返しをさせて殺人そのものに罪悪感を徐々に感じなくなったら、復讐殺人の代行をさせようと企んでるんではないのかな」

「きみの推測通りなら、山根は悪辣《あくらつ》だね。世渡りの下手な若い世代を初めから利用するつもりだったんだろうからな。大企業が欲しがる人材に育て上げるという謳い文句は、真っ赤な嘘ってことになる」

「ええ。まだ確証はありませんが、そういう疑いはあるでしょう」

「そうだな。西浦・入江班は、セミナー合宿所の周辺で聞き込みをしてるんだったね?」

新津が訊いた。

「そうです。まだ報告は上がってきてませんが、二人とも聞き込みを重ねてくれてると思います。フリーライターの高倉と関東テレビの井出記者を目撃した者がいたら、山根が元リゾートホテルで何かいかがわしいセミナーを催してることがはっきりするんですがね」

「そうだな。ところで、セミナー合宿所に外国人女性はいたのか?」

「それは、まだ目認《もくにん》できてません。しかし、殺害されたオリガが毎週土・日に合宿所で割のいいアルバイトをしてたことは間違いないでしょうから、多分、何人かの白人女性は建物の中にいるんでしょう」

「外国人女性たちは、殺人ロボットに仕立てられた受講者のセックスペットとして雇われてたんじゃないのかね。語学を教えてた可能性もゼロではないが、オリガが以前、売春で検挙されてることを考えると……」

「ええ、考えられますね。殺人の実行犯は汚れた仕事をこなすたびに、ベッド・パートナーを供されてるんじゃないのかな。あるいは、犯行前夜に好みの白人女性が添い寝をしてくれるのかもしれません」

「何か動きがあったら、すぐに教えてくれないか」

「わかりました」

刈谷は通話終了キーを押した。

ほとんど同時に、着信した。電話をかけてきたのは西浦律子だった。

「七月末に井出記者が板室《いたむろ》温泉の若葉《わかば》旅館に一泊してることがわかったのよ。井出健人は、高倉公敬のスナップ写真を旅館の従業員たちに見せたらしいわ。それで、元リゾートホテルで開かれてるセミナーについても教えてほしいと言ってたそうよ」

「井出健人が行方不明のフリーライターを捜しに当地に来たことは裏付けられましたね」

「ええ。それからね、黒磯《くろいそ》駅前から高倉が七月三日の正午過ぎにタクシーに乗ったこともわかったわよ」

「それは、お手柄ですね。タクシーの行き先は？」

「高倉は、元リゾートホテルの前でタクシーを降りたんだって。大きな黒いリュックを背負ってたというから、フリーライターは受講者としてセミナーに潜り込んだのよ。ええ、きっとそうにちがいないわ」

「高倉は潜入取材のことがバレたんで、トレーナーかセミナー・スタッフに吊《つる》し上げられたんですかね」

「その可能性はあると思うわ。だけど、高倉はシラを切りつづけた。でも、セミナー側はフリーライターを解放したら、都合が悪いことになるんで……」

「殺した？」

「もう高倉は始末されてしまったか、合宿所の一室に監禁されてるんじゃない？　そのどっちかよ」

「そう考えるべきでしょうか」

「刈谷ちゃん、高倉公敬は合宿所入りして間もなく、隠し持ってたスマホで関東テレビの井出記者に連絡をこっそり取ったんじゃないかしらね。たまたまチェックが甘かったんで、スマホは取り上げられなかったんじゃない？　で、自己啓発セミナーはまともじゃないとでも井出健人に喋ってるとき、トレーナーかスタッフに見つかっちゃったんだと思う。井出記者がオリガと一緒に葬られたわけだから、そうだったのよ」

「井出が合宿所に忍び込んだとは思えないから、西浦さんの読み通りなんでしょうね」

「刈谷ちゃんは何かわかったの？」

「ええ」

刈谷は、合宿所の庭で見かけた男たちのことをシングルマザー刑事に喋った。新津隊長と交わした通話内容も手短に伝える。

「隊長と刈谷ちゃんが推測したこと、ビンゴだと思うわ。野戦服みたいな上着を羽織ってた男は、地下壕か要塞じみた施設の中で拳銃の撃ち方や絞殺の仕方なんかを受講者に教えてるんじゃない？」

「西浦さんも、そう思いますか」

「山根は不満を抱えてる若い男たちを煽《あお》って、下剋上《げこくじよう》の歓《よろこ》びを味わえなんて洗脳してるんだろうな。セミナー受講者はだんだん開き直って、戦闘的になってるんじゃないの？」

「そうなんですかね」

「殺人ロボットたちに何十人、何百人と始末させても、山根は殺人教唆罪でしか起訴されない。卑怯な悪人が思いつきそうなことよね？　捜査本部事件に山根は関与してるわよ。フリーライターの高倉と関東テレビの井出記者は、山根が殺人請負ビジネスで荒稼ぎしてることを知ったんで、自由を奪われたり、殺されたりしたんじゃない？　オリガは山根の弱みを強請《ゆすり》の材料にしたんで、命を奪われることになったんだろうな」

「そう考えられますね。西浦さんたち二人は、引きつづき情報を集めてくれます？」

「了解！」

律子が先に電話を切った。

刈谷はポリスモードを懐に戻した。その直後、腕時計型無線機が小さな雑音《ノイズ》を発した。潜入中の堀刑事がコールしたのだろう。

竜頭《りゅうず》がトークボタンになっていた。刈谷は左手首を口許に近づけ、竜頭を押し込んだ。

――堀、無事か？

――ええ、まだトレーナーたちに怪しまれてないようっす。自己啓発セミナーの内容は主に煽動っす。講師やトレーナーは代わる代わる受講者たちに泣き寝入りなんかしてたら、そのうち悪人どもの餌食《えじき》になってしまうぞと説きつづけてるんすよ。

――受講者たちは言葉で煽《あお》られてるだけなのか？

――なかなか洗脳されない受講者たちはスタッフに別室に連れていかれてるっすよ。おそらく別室で幻覚剤入りのドリンクなんかを飲まされて頭部にマイクロチップを埋められ、骨伝導マイクで巧みに洗脳されてるみたいす。

——それで、トレーナーたちに『もっと強くなれ』と脳に叩き込まれてるんだろうか。

——ええ、多分。トレーナーたちは催眠術を心得てるようっす。話を聞いてるうちに眠くなるんすけど、相手の話し声は鮮明に聞こえるんすよ。なんか説得力があって、おれも捨て身になってもいいなという気持ちになったっす。救いようのない悪党どもは、この手でぶっ殺してやりたいと思うようになっちゃったんすよ。

——危ないな。

——ちょっと待ってください。いま、便座に腰かけてるんすけど、トイレに誰か入ってきたんすよ。水洗レバーを捻《ひね》るっすね。

——そうしろ。

交信が中断した。刈谷はトークボタンから指を離した。

二分ほど過ぎると、ふたたび腕時計型無線機がノイズをたてた。

——主任、聞こえるっすか？

——ああ。交信時間が長いと、セミナー・スタッフに覚《さと》られやすいな。

——そうっすね。それじゃ、いったん交信を打ち切るっす。

――堀、決して無理すんなよ。

刈谷は左手を下げた。

2

夜になった。

刈谷はスカイラインの運転席に坐っていた。

車は、セミナー合宿所の裏手の林道に駐《と》めてある。数十メートル後方には、プリウスが路上駐車中だ。運転席には奈穂が腰かけている。律子は助手席にいた。

西浦・入江班の聞き込みによって、フリーライターの高倉公敬が七月三日に受講者の振りをして自己啓発セミナーに参加したことは裏付けられた。関東テレビの井出記者が、失踪した高倉の行方を捜していたことも間違いない。

左手首に嵌めた特殊無線機から、放電音が洩れた。刈谷は急いでトークボタンを押した。

――新たに何かわかったんだな。

――そうっす。先輩格の受講者から聞いたんすけど、高倉は入所した夜にトレーナーたちに不審がられて、建物の裏手にある地下壕に連れ込まれたそうです。

――やっぱり、自然林の中に地下壕があったか。武闘訓練や射撃場として使われてるんじゃないのか？

――そのへんは、まだわかんないっす。けど、先輩格の受講者は自分に拳銃を撃ったことがあるかと訊いたことがあるっすから、おそらく主任が想像した通りなんだと思うっすよ。

――高倉は、それっきり合宿所には戻ってこなかったんだな。

――そうらしいんすよ。多分、その夜のうちに殺《や》られて、山林の奥にでも埋められたんでしょ？

――ああ、おそらくな。堀、二カ月のセミナーを受け終えた連中は現在も合宿所に寝泊まりしてるのか？

――セミナー受講者のＯＢが二十人前後いて、三階で寝起きしてるっすね。そういう奴らは、野戦服を着てる男に連れられて、時々、外出してるようっす。

――どこに出かけてるんだろうか。

――そこまではわからないっすけど、合宿所に戻ったＯＢたちは四階で白人女性の性的なサービスを受けてるみたいっすよ。先輩格の話によると、四階では七、八人の外国人女性が寝起きしてるそうっす。土・日には、他に三人の白人女性が泊まりがけで来てるという話でしたが、そのうちのひとりはエレーナと呼ばれてたそうっす。オリガでしょ?

——ああ、そうだろう。OBたちは、トレーナーたちにマインド・コントロールされて何か悪事を働くたびに、ごほうびに白人女性をベッド・パートナーとして与えられてるようだな。

——トレーナーたちは、受講者たちにブラック企業の経営者や元上役に仕返ししなければ、心的外傷《トラウマ》は死ぬまで消えないぞと繰り返し言ってますんで、OBたちは自分らに辛《つら》く当たった者を拉致《らち》して痛めつけ、詫《わ》び料を出させたんじゃないっすか?

——いや、そうじゃないだろう。『ステップアップ』の社長はセミナー受講者の元勤め先の企業不正を聞き出して、巨額を強請《ゆす》ってたと考えられる。要求を呑《の》まなかった相手は、OBたちに拉致させ殺させてたんじゃないか。そういう噂を知った他の会社社長たちはビビって、すんなりと金を出すだろうからな。

——そうっすね。現にブラック企業の経営者の中には行方のわからなくなった者が幾人かいるみたいっすよ。それから、受講者の中にも行方不明者が何人かいるようっす。その連中はセミナーの秘密を口外しかけたんじゃないすか。

——堀、山根が代理殺人ビジネスをやってる気配はうかがえたか?

——いいえ、それは感じ取れなかったっす。けど、先輩受講者は野戦服の男は元陸自のレンジャー部隊の教官で、牛島力哉《うしじまりきや》という名だと言ってました。四十三歳だそうっす。牛島は陸自を辞めてからは、英国の傭兵派遣《ようへいはけん》会社に登録して、アラブやアフリカの内戦地を転々としてたらしいんすよ。

——元リゾートホテルで牛島と似たような男たちを見かけたことは？

——合宿所には牛島の仲間はいないっすね。山根行昌が殺人請負をビジネスにしてるんなら、牛島と同じような経歴の人間が殺人ロボット化した受講者たちに付き添って人殺しを見届けてるんじゃないっすか？

——そうだろうな。その連中は牛島に招集されて、裏仕事をこなしてるんだろう。

——だと思うっすよ。

——牛島は、元リゾートホテルの一室を塒《ねぐら》にしてるのか？

——いいえ、合宿所では寝泊まりしてないっす。近くに住んでて、ジープ・チェロキーで毎日通ってるようっすよ。

——そうか。堀、夜が更けたら、合宿所を脱《ぬ》け出せ。

——あと二、三日留《とど》まれば、もっと多くのことがわかるはずっすよ。だから、自分、もう少し……。

——いや、何日も留まるのは危険だな。堀、今夜中に脱出するんだ。おれたちは建物の裏手で待機してる。いいな？

——あっ、トレーナーが……。

不意に交信が途絶《とだ》えた。

刈谷は戦慄《せんりつ》を覚えた。敵の手に落ちた部下が殺害されてしまうかもしれない。車を降り、プリウスに向かって走る。後部座席に乗り込むと、律子が先に口を開いた。

「潜入捜査、見破られちゃったの？」

「ええ、多分ね」

刈谷は二人の部下に経緯を語った。すると、奈穂が言葉を発した。

「三人でセミナー合宿所に強行突入しましょうよ。わたしたちの身分がわかれば、トレーナーや凶暴化した受講者も手向《てむ》かってはこないでしょう」

「そう考えるのは、ちょっと楽観的だな。おれがセミナー合宿所に忍び込む」

「それは危険すぎますよ。ね、西浦さん？」

「そうだな。非常事態なんだから、栃木県警に協力を要請すべきじゃない？　チームのことが知られることになるけどさ。この際《さい》、堀の身の安全を最優先にすべきよ。刈谷ちゃん、違う？」

「西浦さん、当然、堀の命を最優先すべきでしょう。それだから、おれは栃木県警の出動を避けたいんですよ」

「どういうことなの？」

「県警の連中が元リゾートホテルを包囲したら、トレーナーたちは堀を人質に取って籠《ろう》城《じょう》するでしょう」

「その可能性はあるわね」

「敵は警察が強行突破したら、丸腰の堀を射殺して銃撃戦を繰り広げる気になると思います。セミナー受講者をマインド・コントロールで殺人マシンに仕立てた罪は重いですから、自棄《やけ》になると予想できますでしょ？　場合によっては受講者全員を撃ち殺して、トレーナーたちも自爆するかもしれません」

「そこまでして、『ステップアップ』の山根社長を庇《かば》う気になるかな？」

律子が小首を傾《かし》げた。

「詐欺師の山根は、自分を支えてくれてるブレーンたちを上手に使ってたんじゃないのかな。トレーナーたちには、たっぷりと金を与えてたんでしょう」

「そうかもしれないね」

「山根に忠誠心を持ってるでしょうから、トレーナーたちは降伏しないと思います」

「それなら、三人で合宿所に忍び込もうよ。わたし、柔道と剣道は初段だけど、射撃術は中級の上と評価されてる。奈穂は少林寺拳法二段だから、敵の男たちと互角に闘えるはずよ」

「三人で忍び込んだら、敵に覚《さと》られやすいですよ。二人は元リゾートホテルの外で待機してくれませんか。支援が必要なときは、特殊無線機で要請します」

「主任の刈谷ちゃんがそのほうがいいと判断したんなら、わたしたちは指示に従うわよ。奈穂、いいでしょ？」

「はい」

奈穂が大きくうなずいた。

刈谷たち三人は相前後してプリウスを出て、元リゾートホテルに接近した。全員、シグ・ザウエルＰ230ＪＰを携行していた。

三人とも初弾を薬室に送り込み、マガジンには七発の実包《じっぽう》を詰めてあった。それぞれ予備のマガジンを持っている。その気になれば、各自が計十五発の発砲は可能だ。

元リゾートホテルの出入口には、三台の防犯カメラが設置されている。敷地の周囲には柵《さく》が張り巡らされているが、それほど高さはない。

刈谷は屈《かが》んで、足許から小石を幾つか拾い上げた。

少しずつ間《ま》を置いて、敷地の中に小石を投げ込む。防犯センサーは設けられていなかった。見張りもいないようだ。

刈谷は二人の部下を短く顧《かえり》みて、素早く柵を乗り越えた。

植え込みの間にしゃがみ、あたりを見回す。動く人影は目に留《と》まらなかった。建物を見上げる。

どの窓もブラインドが下《お》りているが、かすかに電灯の光が洩れていた。刈谷は中腰で横に移動しはじめた。建物を大きく回り込み、敷地内の自然林に向かう。

地下壕の出入口に近づくと、闇の奥から三人の男がぬっと現われた。ひとりは長袖のシャツを着込み、ベージュのチノクロスパンツを穿《は》いている。三十三、四歳だろう。トレーナーか。

ほかの二人は、オレンジ色のスウェットの上下をまとっている。二十代に見えた。受講者か、ＯＢだろう。

「おまえ、潜入者の仲間だな？」

トレーナーと思われる男が、妙に静かに問いかけてきた。

「そうだとしたら？」

「おまえらは何者なんだ？」

「その質問には答えられないな」

刈谷は挑発した。

トレーナーらしき男が、スウェットの二人に目配せした。片方の男が腰の後ろから、山刀を引き抜いた。もうひとりは、ストライク・スリーと呼ばれている白兵戦《はくへいせん》用武器を取り出した。

ストライク・スリーの本体は棍棒《こんぼう》になっていて、先端は鉄球だ。筒の中には、両刃の剣と首絞め用紐《ギャロット》が仕込んである。刈谷は身構えたまま、動かなかった。

「何者か言わないと、痛い目に遭《あ》うぞ」

山刀を持った男が凄《すご》んだ。刈谷は薄く笑った。

次の瞬間、山刀が斜め上段から振り下ろされた。刃風《はかぜ》は高かったが、切っ先は刈谷から三十センチ以上も離れていた。

山刀が相手の手許に引き戻された。

すかさず刈谷は、相手の股間を蹴り上げた。山刀を握った男が呻《うめ》いて、その場にうずくまる。いかにも苦しそうな表情だった。

刈谷は男の喉笛《のどぶえ》を蹴り込んだ。山刀が宙《ちゅう》を舞う。相手は後方に倒れた。

「き、きさまーっ」

ストライク・スリーの先端の鉄球が引き出された。紐付きの鉄球が振り回される。

刈谷は樹木の間に走り入った。

怯《おび》えて逃げたわけではない。誘いだった。

ストライク・スリーを持った男が追ってくる。刈谷は、にっと笑った。放たれた鉄球の紐が枝に絡みついた。反撃のチャンスが訪れた。

刈谷は躍《おど》り出て、相手の眉間《みけん》に右のストレートパンチを叩き込んだ。まともにヒットした。男が棒のようにぶっ倒れた。

「やるじゃないか」

トレーナーらしき男が腰のあたりに手をやった。刈谷は、先にホルスターからシグ・ザウエルP230JPを引き抜いた。

「両手を挙げろ！」

「拳銃を持ってたのか⁉」

相手が竦《すく》み、言われた通りにした。刈谷は拳銃の安全弁を外し、トレーナーと思われる男に近づいた。

相手はベルトの下に、ノーリンコ59を挟んでいた。中国でパテント生産されているマカロフだ。旧ソ連で設計・製造されていた中型拳銃である。中国軍や警察で使用されているハンドガンで、フル装弾数は九発だった。

刈谷はシグ・ザウエルP230JPをホルスターに戻し、ノーリンコ59の撃鉄《ハンマー》を搔き起こした。

「おまえらは、しばらく這ってろ」

「あ、あんた、何者なんだよ？」

山刀を振り回した男が問いかけてきた。

刈谷は、スウェット姿の二人を無言で交互に睨んだ。男たちは顔を見合わせ、地べたに這いつくばった。

「そっちは、自己啓発セミナーのトレーナーなんだろ？」

刈谷はノーリンコ59の銃口を心臓部に押し当てた。

「おれは……」

「素直に答えないと、若死にすることになるぞ」

「そ、そうだよ」

「名前は？」

「中條、中條《なかじょう》航《わたる》だよ」

「就活でしくじったり、リストラ解雇された元サラリーマンたちの人格を操作して、殺人ロボットに仕立ててるんだなっ」

「おれたちは、受講者の活力を引き出してやってるだけさ」

「時間稼ぎはさせない。念仏を唱《とな》えろ」

「やめろ！　撃たないでくれ。おれたちトレーナーの五人は、牛島さんの指示通りに動いてるだけだよ」

「受講者に荒々しい人間になれと煽《あお》って、凶暴化させてるんだなっ。催眠術や幻覚剤を使い、闘争心を掻き立ててるわけだ？」

「うん、まあ」

「元陸自のレンジャー部隊の教官だった牛島力哉は、狂犬のようになった受講者たちに銃の使い方や殺人テクニックを地下壕で伝授してるんだなっ」

「おたく、牛島さんのことまで知ってるのか!?」

　中條が目を剝《む》いた。

「話を逸《そ》らすな」

「おたくの言った通りだよ」

「牛島は傭兵崩れの仲間たちの手を借りて、ブラック企業や法律を破ってる企業の社長と役員をセミナー受講者ＯＢらに拉致させて、とことん痛めつけさせてるんだろ？　そして、多額の金を脅し取ってる。脅迫に屈しない相手は拉致した後、殺人ロボット化した連中に始末させてるなっ」

「そこまでは知らない。おれたちトレーナーは、羊みたいな受講者を狼のような人間にしてるだけだから」

「そっちが本当のことを言ったかどうか、体に訊《き》いてみよう。右利きだな？」

「そ、そうだけど……」

「なら、左手が使えないようになっても問題ないだろう」

刈谷はノーリンコ59の銃口を中條の左の上腕部に移し、強く押しつけた。

「引き金を絞らないでくれーっ。おたくの言った通りだよ」

「無器用な生き方をしてた受講者たちを使い潰した会社関係者たちを嬲《なぶ》ってるほかに、山根行昌は代理殺人ビジネスをやって荒稼ぎしてるな？　殺人マシンに仕立てられた若い連中を実行犯にしてるんだろっ」

「詳しいことはわからないが、そうみたいだな。牛島さんは山根さんがしてることをすべて知ってるようだけど、おれたちトレーナーは月給二百万円で雇われてるだけで、多くのことは知らないんだ。山根さんがブラック企業と呼ばれてる飲食店チェーン運営会社の代表取締役の資産の大半を手に入れたり、悪質なリストラをやってた有名企業から五億円ずつ毟《むし》り取ったことは知ってるが……」

「牛島は地下壕の中にいるのか？」

「いや、自分の塒《ねぐら》に戻ったよ。怪しい潜入者をジープ・チェロキーに乗せてさ」

「牛島の塒はどこにあるんだ？」

「合宿所の前の林道を二キロぐらい下《くだ》った所に貸別荘があるんだ。その一軒だけしか建ってないから、行けばわかるよ」

「そっちに案内してもらおう」

「おれがおたくを牛島さんの家に連れてったら、多分……」

「牛島に手出しはさせないよ」

「そう言われてもな」

「そっちには弾除《たまよ》けになってもらう」

「まいったな」

「話は飛ぶが、四階には白人女性が住んでるな？」

「ああ」

「その彼女たちは、拉致、暴行、殺人の実行犯たちのセックスペットなんだな？」

「そんなことまで知ってるとは驚きだな。『ステップアップ』の社長が一種のごほうびに女優みたいな白人女を汚れ役を演じた連中に与えてるんだよ」

「そうやって、悪事の実行犯を繋《つな》ぎ留《と》めてるわけか」

「そうなんだろうな」

「エレーナと名乗ってるロシア人女性が毎週土・日に合宿所に来て、ベッド・パートナーを務《つと》めてたんじゃないのか？」

「ああ。でも、エレーナはクビになった。牛島さんから聞いた話によると、エレーナは何かで山根社長を脅迫して、三億円の口止め料を要求したらしいよ」

「それだから、山根は誰かにエレーナことオリガ・クルチナを始末させたのか？」

「おれは、そこまでは知らない。本当だよ。嘘じゃないって」

中條が訴えるように言った。

「七月三日に高倉公敬というフリーライターが合宿所に潜り込んだはずだが、その後、行方がわからなくなった。おまえらトレーナーの誰かが高倉は潜入取材のために受講者になりすましてることを見破って、始末したんじゃないのかっ」

「そいつが潜入取材する気でいると看破《かんぱ》したのはおれだけど、トレーナーは誰も高倉って奴を殺《や》ってない。おれたちは高倉って男を牛島さんに引き渡しただけだよ。牛島さんはフリーライターをどこかに連れてったんだが、その後のことは知らないんだ」

「おそらく牛島が高倉公敬を殺《や》ったんだろう。それはそうと、この合宿所に関東テレビの井出という記者が訊ねてきたはずだ」

「そいつなら、三回も来たよ。知り合いの高倉が合宿所のどこかに監禁されてるんじゃないかとセミナー・スタッフにしつこく言ってたんで、おれが追い払ったんだ。そういえば、先月の上旬、あの男はエレーナと一緒に西新宿のホテルで殺されたんだったな。でも、おれたちトレーナーは事件に絡んでないぞ。セミナーのOBたちも関与してないと思うけど、断定はできないな。ひょっとしたら、牛島さんが連中に二人を始末させたのかもしれない」

「そのあたりのことは、直《じか》に牛島に確かめてみよう。そっちは、人間の顎や肩の関節の外し方を知ってるか？」

　刈谷は訊《たず》ねた。

「知ってるよ。だいぶ前に牛島さんが教えてくれたんだ」

「なら、地べたに這ってる二人の顎の関節を先に外して、次に両肩も……」

「勘弁してくれよ」

　中條が尻込みした。

「やらなきゃ、そっちの左腕に弾《たま》を撃ち込むことになるぜ」

「わかったよ」

「早くやれ！」

刈谷は中條の体の向きを変え、背を強く押した。

3

車体が弾んだ。

タイヤが林道の窪《くぼ》みに嵌《は》まったのだろう。

「ごめんなさい！」

スカイラインを運転している奈穂が謝った。

「気にするな。別に入江が悪いわけじゃない」

「そうなんですけど……」

「ライトをハイビームにしたほうがいいな」

刈谷は部下に言って、ノーリンコ59の銃口を中條航の体から少し離した。二人は後部座席に坐っていた。

後方から追走してくるプリウスのステアリングは、西浦律子が操《あやつ》っていた。二台の車は、牛島が住んでいる貸別荘に向かっている。すでに一キロ近く林道を下《くだ》っていた。

「ちょっと車を停めてくれないか」

中條が刈谷に言った。

「なぜだ？」

「小便したくなったんだよ」

「その手に引っかかるほど甘くないぞ、おれたちは。立ち小便する振りをして、真っ暗な林の中に逃げ込む気なんだろうが！」

「ちっ、お見通しだったか」

「やっぱり、そうだったか。諦めの悪い奴だ」

「そう言うけど、貸別荘でおれは牛島さんに射殺されるかもしれないんだ。そりゃ、逃げたくなるよ」

「牛島は、いつも拳銃を持ち歩いてるのか？」

「ああ。イタリア製のベレッタ98コンバットを持ってるよ。複列式のマガジンには十五発も装塡《そうてん》できるんだ」

「それは知ってる。牛島は、殺人ロボットに仕立てたセミナー受講者ＯＢに一挺ずつ拳銃を渡してあるのか？」

刈谷は訊いた。

「彼らには地下壕で各種の銃器を試射させてるが、ふだんは誰にもハンドガンは持たせてないよ」

「セミナーのOBたちがブラック企業の社長なんかを拉致するときに牛島は拳銃を渡してるわけだな？」

「そうみたいだよ。おれたちトレーナーには、ノーリンコ59を一挺ずつ持たせてくれてるけどね」

「銃器は牛島が調達してるんだな？」

「そう。牛島さんは、昔の傭兵仲間から拳銃、自動小銃、短機関銃《サブマシンガン》、ロケット・ランチャー、手榴弾《しゅりゅうだん》なんかを大量に手に入れたみたいだよ。銃器の保管場所まではわからないけどさ」

「サブマシンガンやロケット・ランチャーまで手に入れてるんなら、単に企業恐喝や代理殺人を請け負ってるんじゃないな。『ステップアップ』の山根は、とんでもない陰謀を巡らせてるんだろう」

「そうなのかもしれないが、おれたちトレーナーやセミナー講師にはわからないよ。みんな、高収入に釣られて自己啓発セミナーに関わるようになっただけだから」

「牛島なら、山根の企みを知ってるな？」

「それは知ってるはずだよ。牛島さんは、山根社長の右腕というか、参謀格だから」

「山根はダーティー・ビジネスで荒稼ぎし、その金を軍資金にして何かでっかい犯罪《ヤマ》を踏む気だなっ」

「そうなんだろうな。山根社長はおれたち五人のトレーナーを築地の老舗料亭に招いてくれたとき、『闇社会の首領《ドン》たちさえいなくなれば、なんでもできるし、巨万の富も得られる』なんてうそぶいてたから」

「本気でそう言ってたんなら、山根行昌は自分が裏社会の帝王になることを夢見てるのかもしれない」

「山根社長は悪知恵が並の人間よりも何十倍も働くんだろうけど、そんな野望は叶《かな》えられないと思うよ。仮に全国の広域暴力団のトップと理事全員を抹殺できたとしても、大物政財界人と深く結びついてるフィクサーがいるからね」

「そうだが、山根のバックに国家権力と結びついてる実力者がいるとしたら、日本の裏社会を支配できるかもしれないじゃないか」

「山根社長を動かしてる黒幕《ビッグボス》は、首相を務めたことのある民自党の元老あたりなのかな。そんな超大物がクレージーなことは考えないか。元老たちは何らかの形で闇社会の顔役たちと繋がってるはずだから、そこまでアナーキーなことはしないだろう」

「検事総長あたりなら、アンダーグラウンドで暗躍してる〝黒い紳士たち〟を一掃できそうだな」

「あっ、そうだね」

中條が相槌を打った。

それから間もなく、またもやスカイラインが悪路にタイヤを取られた。

サスペンションが軋《きし》んだ。車が大きくバウンドする。中條が体をふらつかせながらも、ノーリンコ59の銃身を両手で摑んだ。

刈谷は慌《あわ》てなかった。左手でホルスターからシグ・ザウエルＰ230ＪＰを引き抜き、銃口を中條の側頭部に密着させる。

「悪あがきはやめろ！」

「無理だったか」

中條が両手から力を抜いた。刈谷は自分の拳銃をホルスターに戻し、中條の脇腹に肘打ち《エルボー》を見舞った。

中條が息を詰まらせ、前屈みになった。

「往生際が悪いわね。もう観念しなさいよっ」

奈穂がハンドルを捌《さば》きながら、中條を叱りつけた。

「綺麗《きれい》なのに、きついことを言うね。性格のきつい美女は結婚運がないって言うぜ。あんた、まだ独身なんじゃない？」

「そうだけど、それが何なのよっ」

「あんた、勁《つよ》い女なんだな。そういうタイプの女をベッドで甘く嬲《なぶ》って、エッチなことを言わせたいね」

「くだらないことを言ってると、金的《きんてき》を蹴り上げて気絶させるわよ」

「おっ、勇ましいね。気に入ったよ。機会があったら、一度デートしよう」

「余裕かましてると、本当に急所を蹴り上げるわよ。わたしは、金的蹴りで十人以上の男を気絶させてるの。あまり軽く見ないほうがいいんじゃない？」

「何か武道を心得てるのか？」

中條が刈谷に問いかけてきた。

「彼女は少林寺拳法二段なんだよ。睾丸《こうがん》を潰された男は二十数人いるな」

「ほんとに⁉」

「牛島の塒に着くまで、おとなしくしてるんだな」

刈谷は忠告した。中條がうなだれた。

スカイラインの速度が上がった。後続のプリウスも加速する。

しばらく道なりに進むと、左手に灯が見えてきた。

「あのログハウスが牛島さんが住んでる貸別荘だよ。電灯が点いてるから、牛島さんはいるな。おれは、ここで解放してくれよ。牛島さんには冷血なとこがあるから、おれの顔を見たら、迷わずベレッタ98コンバットの引き金を絞ると思う」

「要するに、自分は弾除けにはなりたくないって言いたいわけか」

「そう。おたくらのことは山根社長には告げ口しないよ。だから、セミナー合宿所に帰らせてくれないか。ノーリンコ59は返してくれなくてもいいからさ」

中條が両手を合わせた。

「駄目だ」

「頼むよ」

「車を停めてくれ」

刈谷は中條を黙殺して、美人刑事に指示した。

奈穂がログハウスの四十メートルほど手前でスカイラインを林道の端に寄せた。後続のプリウスのブレーキランプも点いた。

刈谷はノーリンコ59で威嚇《いかく》しながら、中條を後部座席から引きずり出した。中條の顔は引き攣《つ》っていた。体も小刻みに震えている。

奈穂が運転席から降り、スカイラインを回り込んできた。律子がプリウスを離れ、足早に近づいてくる。

「どんな段取りでいく？」

シングルマザー刑事が小声で刈谷に問いかけてきた。

「まず中條に貸別荘のノッカーを鳴らさせます。牛島がすんなりと玄関のドアを開けたら、おれは中條を楯《たて》にしてログハウスに突入します」

「堀が貸別荘内にいるとしたら、手足を縛《しば》られてるんじゃない？」

「でしょうね。西浦さんと入江はサンデッキの下あたりに身を潜めて、チャンスがあったら……」

「ログハウスの中に入って、まず堀を救い出すのね？」

「そうです。おれと牛島が撃ち合うことになったら、二人は元教官の背後に回ってください」

「了解！」

「それじゃ、二人は先にサンデッキに接近してくれますか」

刈谷は律子に言って、奈穂を目顔で促《うなが》した。

女性刑事たちが拳銃を手にして、貸別荘の敷地に入った。敷地は二百坪はあるだろう。庭木が多い。サンデッキの周辺は芝生が植えられている。

律子と奈穂が姿勢を低くして、サンデッキに向かった。刈谷はそれを見届け、中條の背を押した。中條が足を踏み出す。

二人は貸別荘に達した。カーポートには、ジープ・チェロキーが駐《と》められている。四輪駆動車は埃《ほこり》だらけだった。ホイールには泥が付着している。牛島は細かいことは気にしないタイプなのだろう。

刈谷たちはアプローチをたどり、ポーチに上がった。

中條が不安顔でノッカーを鳴らした。ややあって、男の声で応答があった。

「誰だ？」

「トレーナーの中條です」

「おう、中條か。何だ？」

「おれ、ちょっと牛島さんに相談したいことがあるんですよ」

「ちょっと取り込んでるんで、明日、相談に乗ってやろう」

「大柄の怪しい男は、もう始末したんですか？」

「いや、天井の梁《はり》から吊してある。木刀でぶっ叩いたんだが、正体を吐かないんだ。フリーのジャーナリストがセミナーに潜り込んだんじゃないだろう。腕時計型の特殊無線機で誰かと交信してたからな。もしかしたら、刑事なのかもしれない」

「牛島さん、おれが例の男の正体を吐かせます。おれ、トレーナーの仕事だけじゃなく、山根社長のお役に立ちたいんですよ。毎月二百万も貰ってるんで、社長には感謝してるんです。何かお手伝いしなかったら、罰《ばち》が当たるでしょう?」

「いまの言葉を山根さんが聞いたら、泣いて喜びそうだな。ところで、どんな方法でしぶとい野郎の口を割らせる気なんだ?　一筋縄じゃいかないぞ」

「いい手があるんですよ」

「どんな方法で追い込むつもりなんだ?」

「おれ、ゲイじゃありませんけど、その気《け》がある振りして、受講者になりすました大男のペニスをくわえる真似をするんですよ」

「ノンケの野郎が同性にナニをしゃぶられそうになったら、刃物を突きつけられるよりも恐怖を覚えるだろうな。面白い!　おまえにちょいと芝居をしてもらおう」

「あの男の下腹部に顔を近づけたら、身分を明かすと思います。牛島さん、ドアを開けてください」

　中條が横を向いて、舌の先を覗かせた。とっさに思いついたことなのだろうが、刈谷は舌を巻いた。中條は、山根以上の詐欺師になれそうだ。

内錠が外された。

刈谷は中條の片腕を摑んで、ノーリンコ59の銃口を正面に向けた。そのとき、ドアが押し開けられた。

「中條、横にいるのは誰なんだ⁉」

「すみません、牛島さん！　おれ、隣にいる奴に人質にされちゃったんですよ」

「なんだって⁉」

「動くな！　両手を高く挙げて、ゆっくりと床に両膝を落とすんだっ」

「おまえ、大男の仲間だな？」

「そうだ。早くひざまずけ！」

「くそったれめっ」

牛島が毒づいて、両手を掲《かか》げた。身長は百七十数センチだろうが、筋肉質の体は逞《たくま》しかった。とても四十過ぎには見えない。

「膝を落とせ！」

刈谷は声を張った。

牛島が徐々に腰の位置を下げはじめた。片方の膝が床に接したとき、傭兵崩れの右腕が腰に回された。

次の瞬間、ベルトの下からベレッタ98コンバットが引き抜かれた。刈谷は中條を肩で弾《はじ》き、横に跳《と》んだ。

牛島が片手撃ちで、無造作に引き金を絞った。

銃声が轟《とどろ》き、橙《だいだい》色《いろ》がかった赤い銃口炎《マズル・フラッシュ》が吐かれた。十センチ近い炎だった。薬莢《やっきょう》が牛島の横のフロアに落ち、高く跳《は》ねた。

放たれた銃弾は、中條の頭部に命中した。血と骨の欠片《かけら》が四散する。

中條は声ひとつあげなかった。後方に吹き飛ばされ、それきり微動だにしない。即死だったのだろう。

刈谷は寝撃ち《プローン・ポジション》の姿勢をとるなり、ノーリンコ59の引き金《トリガー》を一気に引いた。反動《キック》が手首に伝わってきた。

狙ったのは右の太腿だった。的《まと》は外さなかった。被弾した牛島は尻《しり》から落ちた。だが、イタリア製の拳銃は握ったままだった。

刈谷は銃把に両手を添え、ふたたびトリガーを絞った。両手保持だと、命中率がぐっと高くなる。

放った弾はベレッタ98コンバットを弾いた。イタリア製の拳銃は、玄関ホールの隅まで滑走した。

刈谷は敏捷《びんしょう》に起き上がり、たなびく硝煙を払いのけた。

牛島の胸板を蹴る。牛島が仰向けに引っくり返った。刈谷はベレッタ98コンバットを拾い上げ、奥の居間に走り入った。

太い梁からロープで吊された堀は、ぐったりとしていた。床には木刀が転がっている。

「失敗《ドジ》を踏んじゃって、面目ないっす」

「堀、何も言わなくてもいい。すぐにロープを切ってやる。しっかりするんだ」

刈谷は大声で部下に語りかけた。そのすぐ後、律子と奈穂がサンデッキからログハウスに躍《おど》り込んできた。

「主任、こっちはわたしたち二人に任せてください」

奈穂が言った。刈谷はうなずき、玄関ホールに駆け戻った。牛島が立ち上がりかけていた。

刈谷は牛島の腰を蹴った。牛島が前のめりに倒れ、口の中で呻く。刈谷は片膝で牛島の背を押さえ、二つの拳銃の銃口を後頭部に突きつけた。

「山根の指示で、あんたがエレーナことオリガと関東テレビの井出記者を葬ったんだなっ。その前にフリーライターの高倉公敬も始末した。そうだな?」

「………」

「あんたは、おそらく山根にうまく利用されてるんだろう。それでも、『ステップアップ』の社長を庇《かば》うのかっ」

「おれを殺る度胸と覚悟があるなら、さっさと引き金を絞れ！」

牛島が喚《わめ》いた。

「死に急ぐことはないだろうが！　わざと急所は外してやったんだ」

「おまえは警察の人間だな？　だから、おれを射殺しなかった。おまえらの正体はわかったぞ」

「山根はセミナー受講者を殺人ロボットに仕立てて違法なことをしてる会社に対する怒りと復讐心を掻き立て、企業恐喝や代理殺人の実行犯にしてる。そうして汚れた金を集め、何か企んでるんだろ？」

「………」

「また、黙ったか。山根は黒幕の器《うつわ》じゃない。詐欺師はビッグボスにはなれないだろう。せいぜいアンダーボスだ。山根を巧みに唆《そそのか》した人物が闇の奥にいるにちがいない。黒幕は国家権力と無縁じゃないんだろう。真のビッグボスの陰謀を吐いてもらおうか」

「………」

「黒幕は陰謀を暴《あば》かれたくなくて、井出健人、オリガ・クルチナ、高倉公敬の三人を抹殺しろと山根行昌に命じたんだろ？　狡《ずる》い山根は自分が手を汚すことを嫌って、あんたに受講者ＯＢを実行犯にしろと示唆《しさ》したんじゃないのか？」

「なんの話か、さっぱりわからないな」

「ふざけんな！」

刈谷は吼《ほ》えて、ノーリンコ59の銃把《グリップ》の底で牛島の後頭部を強打した。頭蓋骨《ずがいこつ》が鈍く鳴った。牛島が野太《のぶと》く唸《うな》って、前屈みになった。

ちょうどそのとき、ログハウスの玄関ドアが開けられた。

投げ込まれたのはオリーブグリーンの塊《かたまり》だった。刈谷は目を凝《こ》らした。牛島の股の間に留《とど》まったのは、なんと手榴弾だった。すでにピンリングは引かれている。

「牛島、下がるんだ」

刈谷は叫んで、居間に逃れた。炸裂音《さくれつおん》が空気を震わせ、赤い閃光《せんこう》が走った。

爆風を受けて、刈谷は居間の床に倒れた。

三人の部下が駆け寄ってくる。

「おれは無傷だ。みんなで火を消してくれ」

刈谷は起き上がって、玄関ホールに走った。

片腕を千切《ちぎ》られた牛島の死体が炎に包み込まれかけていた。血臭《けつしゅう》が濃い。火薬の臭《にお》いもあたりに漂っている。

刈谷は警戒しながら、ログハウスの外に走り出た。

暗がりを透《す》かして見たが、どこにも人影は見当たらない。刈谷は路上に這って、路面に耳を押し当ててみた。足音も車の走行音も伝わってこなかった。

刈谷は身を起こし、貸別荘の中に駆け戻った。三人の部下が火を鎮《しず》め終えたところだった。堀が走り寄ってきた。

「主任、手榴弾を投げ込んだ奴は見たんすか?」

「いや、姿は見てない。敵の一味がおれたちの動きを探《さぐ》ってたんだろうな。で、仲間の牛島の口を封じたにちがいない。そう指示したのは山根か、黒幕だろう」

「おれも、そう思うっすよ」

「三人で急いで牛島の持ち物を検《しら》べてくれ。何も手がかりが見つからなかったら、元リゾートホテルに来てくれ。おれは先に行って、トレーナーかセミナー・スタッフを生《い》け捕《ど》りにしてるから」

刈谷は堀に言って、またログハウスの外に出た。

スカイラインまで疾駆《しっく》し、運転席に入る。助手席のフロアに奪った二挺の拳銃を静かに置き、エンジンを始動させた。

刈谷はスカイラインをUターンさせ、およそ二キロ先のセミナー合宿所に急いだ。途中で魔手が迫るかと警戒していたが、何事も起こらなかった。

やがて、目的地に着いた。

四階建ての建物は、まったく電灯が点いていない。刈谷はスカイラインを元リゾートホテルの車寄せに停めた。

車は一台も駐《と》められていない。トレーナーやセミナー・スタッフが受講者、白人女性たちを連れて逃走したようだ。

刈谷はホーンを長く鳴らしつづけた。

それでも、建物の中は静寂に支配されていた。しばらく待ってみたが、やはり何も変化はなかった。一足遅かった。

刈谷はステアリングを強く握り、歯噛《はが》みした。闇夜が恨めしかった。刈谷たちチームの四人は林の中に地下壕があることを確認した。射撃場の標的には無数の弾頭が埋まっていた。

だが、銃器はすべて消えている。刈谷は徒労感に包まれ、溜息をついてしまった。

4

東の空が斑《まだら》に明るくなった。

刈谷は目を細めた。朝陽《あさひ》が瞳孔《どうこう》を射《い》る。

スカイラインの運転席だ。後部座席に横たわった堀刑事は鼾《いびき》をかいている。熟睡しているようだ。

スカイラインは、元リゾートホテルを見下ろせる丘に駐《と》めてあった。

二人の女性刑事は、近くにある板室温泉の旅館に泊まっている。律子と奈穂はログハウスで何も手がかりを得られなかったことで、男性軍と一緒に徹夜でセミナー合宿所を張り込みたいと申し出た。

男の刑事なら、張り込み中に立ち小便もできる。しかし、女性は繁みの中で放尿することに抵抗があるだろう。そんなわけで、刈谷は西浦・入江班には宿を取らせたのだ。

三人の部下たちは貸別荘を離れる際《さい》、栃木県警に事件通報した。私物のスマートフォンを使って電話をかけたのは、西浦律子だった。

県警の通信指令本部の職員は通報者の身許を割り出し、折り返し律子に電話をかけてきたらしい。現職の警察官だとわかったからだろう。律子は数日前にポリスモードを紛失したと答え、自分は一一〇番していないと空とぼけたそうだ。栃木県警にチームの存在を覚《さと》られる心配はないだろう。

刈谷たち四人は、元リゾートホテル周辺で張り込みはじめた。消えた者たちが数時間後には舞い戻ってくるかもしれないと予想したのだ。

その判断は甘かった。日付が変わりそうになっても、セミナー合宿所の照明は灯《とも》らなかった。刈谷は律子と奈穂を板室温泉に向かわせ、堀と二人で張り込みを続行した。

堀は牛島に木刀で脇腹、腰、太腿をぶっ叩かれ、辛《つら》そうだった。刈谷は午前一時過ぎに堀をリア・シートに横にならせ、ひとりで張り込みをつづけた。

三人の部下と合流する前に、新津隊長には電話で経過を伝えてあった。そのとき、刈谷は『ステップアップ』名義の車輛が栃木県内のNシステムに引っかかったかどうか調べてくれるよう頼んであった。

自己啓発セミナーに関わりのある車が県内のどんなルートをたどったか明らかになれば、逃走先の見当はつけられる。だが、隊長からは何も連絡がない。

消えたトレーナー、受講者、セミナー・スタッフ、白人女性たちは林道伝いに県内のどこかに移動したのか。そして、ヘリコプターか熱気球に乗って県外に逃《のが》れたのだろうか。

刈谷は煙草が喫《す》いたくなった。

そっと車を降り、セブンスターに火を点けた。一服し終えると、尿意を覚えた。刈谷は数十メートル先の繁みに分け入り、放尿した。

林道に戻ると、新津隊長から電話がかかってきた。

「連絡が遅くなってしまったが、『ステップアップ』名義の車は栃木県内の幹線道路を一台も通過してなかったよ」

「消えた連中は熱気球かヘリで県外に逃れたんでしょうか？」

「刈谷君、それは考えられないな。五人や十人じゃないんだ。セミナー合宿所に駐めてあった六、七台の車は、案外、近くの林道の奥に隠してあるんじゃないだろうか」

「連中は逃げたんではなく、建物の中で息を殺してるんではないかと……」

「その可能性はないだろうか」

「昨夜《ゆうべ》、おれは元リゾートホテルに近づいて、耳をそばだててみたんです。しかし、建物内に人のいる気配はうかがえませんでした」

「もしかしたら、地下壕の奥には抜け道があって、広いシェルターがあるのかもしれないぞ。あるいは、裏の林道に出られる出入口があるとも考えられる。後者だとしたら、そう遠くない場所に廃校、潰れたペンション、廃屋《はいおく》があるのかもしれない。そういう所に全員が隠れてるんじゃないだろうか」

「地下壕を検《しら》べ直します」

刈谷は言った。

「そうしてくれないか。これは日垣警部の情報なんだが、山根は昨夜、広尾の自宅マンションに帰ってないらしいんだ。きみらの動きを察知して、『ステップアップ』の社長は逃げる気になったのかもしれない」

「そうなんでしょうか」

「それからね、本多署長が本庁組対《そたい》五課の課長から入手した情報なんだが、およそ一時間半前に日比谷《ひびや》の帝都《ていと》ホテルに投宿してた神戸連合会の直参《じきさん》理事の垂水伍郎《たるみごろう》、六十一歳がホテルマンを装った男に射殺されたそうだよ」

「その垂水は、日本の最大組織のナンバーツーですよね？」

「そうだ。現場には、関東で最も組員数の多い住川《すみかわ》会の銀バッジが遺《のこ》されてたらしい。作為的《さくいてき》な遺留品《いリュウ》だが、神戸連合会の末端構成員が住川会の寺尾仁《てらおひとし》総長宅にロケット弾を撃ち込んだそうだ。数十分前にね。総長夫妻は死亡したらしい。本庁組対部は、このことがきっかけで東西の血の抗争がはじまるのではないかと警戒を強めてるようだよ」

「帝都ホテルの事件現場に住川会の銀バッジが落ちてたというのはいかにも幼稚な偽装工

作ですね。東西のやくざはかなり前から小競《こぜ》り合いを繰り返してましたが……」

「住川会だけではなく、関東勢は神戸連合会が紳士協定を破って東日本に次々と下部組織の事務所を設けたことに腹を立ててるはずだ。いつか戦争になると思ってたが、そうなったら、双方のダメージは大きい」

「ぎりぎりのところで、譲り合うことになるでしょう。武闘派やくざたちの多くが血の抗争もやむを得ないと思ってても、上層部は抑《おさ》えにかかるはずですから」

「そうだろうね」

「山根は東西のやくざをぶつけ合わせて巨大組織の弱体化を狙い、いずれ殺人マシンに仕立てたセミナー受講者たちに闇社会の顔役たちを皆殺しにさせるつもりなんでしょう。『ステップアップ』の社長が漁夫の利を得たくて、火種《ひだね》を蒔《ま》く画策をしたと見てもいいと思います」

「ああ、山根行昌が仕組んだことだろうね。ただ、元詐欺犯が単独で、闇社会の新支配者になることはできっこない。きみが電話で言ってたように、山根には後ろ盾がいるな」

新津が言った。

「そうにちがいありませんよ。おそらくビッグボスは、国家権力と結びついてる人物なんでしょう」

「そうなんだろうか。刈谷君、山根が外国人マフィアと手を組んだとは考えられないかね? たとえば、上海《シャンハイ》マフィアとかさ。福建省出身の不良中国人たちは盗品の闇取引なんかで日本の暴力団と持ちつ持たれつの関係に特に不満は感じてないようだが、上海グループはかなり戦闘的だから、日本のやくざの言いなりにはなってない」

「ええ、彼らは時には日本の暴力団に平気で牙《きば》を剝《む》きます。大半の奴が捨て身で生きてるんで、別に怕《こわ》いものなんかないんでしょう」

「そうなんだろうな。日本に最も多く住んでる外国人は中国人だ。現在、約六十八万人の男女が暮らしてる。在日中国人を仕切るだけでは、それほど旨味《うまみ》はない。荒っぽい中国人マフィアが日本の暗黒社会を乗っ取る気になって、山根と手を組んだのかもしれないぞ。お互いに相手に利用価値がなくなったら、斬《き》り捨てる気でいるんだろうがね」

「新津さんの推測にケチをつけるわけではありませんが、セミナー受講者を煽動して銃器の扱い方や殺人テクニックを教えてた牛島は、元陸自のレンジャー部隊の教官だったんですよ」

「そういう話だったね」

「そんな牛島が殺人ロボット化したセミナー受講者OBたちを実行犯にして、オリガと井出記者を殺《や》らせたようなんです。フリーライターの高倉は、牛島自身が始末したようですがね。これまでのところ、本部事件にチャイニーズ・マフィアの影はちらついてません」

「ああ、確かにね。山根が上海マフィアと手を組んだとしたら、中国人たちは日本のやくざたちの抹殺を担《にな》うことになってるんじゃないのかな。あっ、ひょっとしたら……」

「住川会の構成員に化けた不良中国人が帝都ホテルで、神戸連合会のナンバーツーの垂水理事を射殺した？」

　刈谷は先回りして、そう言った。

「そうなんじゃないのかね。そして、上海マフィアの一員が神戸連合会の下っ端極道を装って、住川会の寺尾総長宅にロケット弾を撃ち込んだのかもしれないぞ。そうやって、関東やくざの御三家と神戸連合会に潰し合いをさせれば、双方の力は間違いなく弱まる」

「でしょうね」

「中立の立場を貫《つらぬ》いてる北海道、東北、北陸、京都、広島、高松、福岡、沖縄の暴力団は構成員が二、三千人だから、チャイニーズ・マフィアが各組織の親分や大幹部の命《タマ》を奪《と》れば、どこも解散に追い込まれるだろう」

「ええ、多分ね」

「そうなったら、裏経済界の帝王、政界のフィクサー、悪徳政治家たちを始末するだけで暗黒社会は手に入る。無法者や顔役たちを実際に葬るのは、不良外国人なんだろう」

「そうなんでしょうか」

「いや、待てよ。山根と共謀してるのが上海マフィアと極《き》めつけるのは早計かもしれないな。日本で悪事に手を染めてる外国人マフィアが団結して、山根と日本の暴力社会に君臨する気になったとも考えられるね。不良イラン人、不良パキスタン人、不良コロンビア人、不良ナイジェリア人、不良中国人がグループごとにさまざまな犯罪で汚れた金を手に入れてるが、いまのままでは日本のやくざにうまく利用されるだけで、甘い蜜をたっぷりと吸うことはできない。連中は山根に焚《た》きつけられて、一つにまとまる気になったんじゃないだろうか。外国人マフィアが団結すれば、日本の裏社会はたやすく支配できるそうだ。半グレ集団がのしてきて、暴力団もビビリはじめてるが、外国人マフィアはそんな連中よりも肚《はら》を括《くく》ってる。相手が大親分やフィクサーであっても、臆《おく》したりしないだろう」

「確かに不良外国人たちには凶暴な面がありますよね。しかし、そんな奴らも警察には弱い。捜査機関を抑《おさ》えるだけの力を持ってない者たちだけでは、闇社会はとても乗っ取れないでしょう。おれは、そう思います」

「きみにそう言われると、なんだか自信が揺らいでくるな。刈谷君は、山根は国家権力と繋《つな》がってる人物を後ろ盾にしてると睨んでるんだね」

「確証はありませんが、そう推測してます」

「まさか山根の黒幕は検事総長か、国家公安委員会のメンバーじゃないだろうな」

「そんな大物じゃない気がします」

「となると、警察官僚《キャリア》かな。警視総監、副総監、警察庁長官が詐欺の前科のある山根行昌とつるむとは考えにくいな。刈谷君、そうだろう？」

「ええ、そうですね」

「本庁の組対部の部長、理事官、管理官のいずれかが暴力団の取り締まりに虚《むな》しさを覚えたんで、山根を使って暗黒社会を潰させ、新支配者をコントロールする気になったんじゃないのかな。そう考えれば、山根と黒幕の利害はぴたりと一致するんじゃないか。首謀者は、山根を支配下に置くつもりなんだろうから、暴走しそうになったら、いつでも手綱《たづな》を引けるわけだ。山根が裏社会で好き勝手をやっても、一応、社会の治安は守れる。それによって、黒幕の株も上がることになるだろう。どっちも文句はないわけだ？」

「そうなりますね」

「日垣警部に本庁組対部の幹部たちの身辺を少し探《さぐ》ってもらうよ。きみは、堀君と一緒に地下壕をチェックしてくれないか」

　新津が通話を切り上げた。

　刈谷はポリスモードを折り畳んだ。そのとき、前方からプリウスが走ってきた。運転をしているのは奈穂だった。助手席には律子が坐っている。

車のエンジン音で目を覚ましたのか、堀がスカイラインの後部座席から出てきた。

「西浦さんたち二人が来たっすね？」

「そうだな。少し前に隊長から電話があったんだよ」

刈谷は通話内容を話した。

「事件現場に住川会の銀バッジが落ちてたなんて、わざとらしいっすね。神戸連合会の垂水伍郎を射殺したのは、住川会の者《もん》じゃないと思うっすよ。それから、住川会の寺尾総長宅にロケット弾を撃ち込んだのも関西の極道じゃないっすね」

「おれも、そう見てるんだ。山根が仕組んで、東西の勢力をぶつけ合わせる気なんだろう。実行犯は、セミナー受講者ＯＢかもしれないと思ったんだが、殺人ロボットに仕立てられたとはいえ、堅気が神戸連合会のナンバーツーを撃ち殺したり、住川会の寺尾総長宅にロケット弾を撃ち込むだけの度胸があるだろうか」

「人格を操作されてるようだから、そこまでやると思うっすよ。ただ、新津隊長が推測した線も考えられるんじゃないっすか。山根は外国人マフィアを上手に唆《そそのか》して、闇社会の新しい支配者になる気でいるのかもしれないっすよ。うまく闇の帝王になれたら、詐欺や恐喝をしなくても金はしこたま入ってくるわけっすから。でも、黒幕が誰なのか。それが透けてこないっすね」

「そうだな」

「それはそうと、消えた連中は隊長が推測したように地下壕の抜け道からシェルターに身を隠したか、脱出口から逃れたんすかね？」

「わたしたちだけ楽させてもらっちゃったな」

律子の言葉が、堀の語尾に重なった。彼女の後ろには奈穂がいた。

「二人とも、少しは仮眠を取れました？」

「どっちも四時間は寝たわ。今度はわたしと奈穂が張り込むから、刈谷ちゃんたち二人は旅館で体を休めてよ」

「その前に、やらなきゃならないことがあるんですよ」

刈谷はそう前置きして、新津と交わした会話を律子と奈穂に喋った。

「四人で地下壕に潜ってみましょうよ」

奈穂が早口で言った。すぐに律子が同調する。

チームの四人はスカイラインとプリウスに分乗し、丘陵地を下《くだ》りはじめた。いつの間にか、あたりはすっかり明るくなっていた。

元リゾートホテルの車寄せに二台の車を停める。刈谷たちは建物を回り込み、それぞれホルスターからシグ・ザウエルＰ230ＪＰを引き抜いた。

地下壕の鉄扉《てっぴ》はロックされていなかった。

刈谷たちは用心しながら、地下壕の中に入った。百畳敷ほどの広さがあり、左側に射撃訓練場が見える。その奥に仕切り壁があった。さらに背後に隠し壁が見えた。

隠し壁の右端に潜り戸が切られている。その前に無数の足跡があった。

潜り戸の向こう側は、地下トンネルになっているのだろう。戸には内錠が掛けられている。

刈谷はピッキング道具を使って、錠を解《と》いた。

潜り戸は楽に開けられた。やはり、トンネル状になっていた。幅二メートルほどで、高さは一メートル半ほどだろうか。真っ暗だった。

四人は小型懐中電灯で足許を照らしながら、中腰で前進した。

百数十メートル行くと、トンネルの向こうから人の声がかすかに響いてきた。奥まった場所に避難所があるのか。

「みんな、懐中電灯を消そう。それで、抜き足で歩くんだ」

刈谷は部下たちに言って、最初に小型懐中電灯のスイッチを切った。堀たち三人が刈谷に従う。

四人は足音を殺して、黙々とトンネルを進んだ。さらに五、六十メートル行くと、急に視界が展《ひら》けた。

長方形の大広間に夥《おびただ》しい数の簡易ベッドが並べられ、セミナー受講者、トレーナー、セミナー・スタッフ、白人女性たちが思い思い寛《くつろ》いでいた。ところどころにランタンが置かれ、それほど暗くない。

左手には五卓のテーブルが据《す》えられ、水差しや紙コップが載《の》っていた。菓子パン、ラスク、スナック菓子の袋が山積みされている。

右端には簡易トイレが三つ置かれ、その横には蛇口付きの貯水タンクが連《つら》なっていた。

「早くランタンを消せ！　誰かシェルターに入ってきたぞ」

トレーナーと思われる男が叫び、上着のポケットからノーリンコ59を取り出した。三十三、四歳だろう。

「警察だ。発砲したら、正当防衛で射殺するぞ」

刈谷は相手に告げて、シグ・ザウエルP230JPを両手保持で構えた。三人の部下が扇の形に散り、トレーナーらしき男に一斉に銃口を向ける。

ほかの者たちが右往左往し、次々に簡易ベッドの下に潜り込んだ。七、八人の白人女性も相前後して身を伏せた。

「発砲しないから、撃たないでくれ」

ノーリンコ59を持っている男が言い、拳銃を足許に置いた。

「そっちは、中條と同じトレーナーなんだろ?」

刈谷は訊いた。

「そうだよ。安永《やすなが》、安永和芳《かずよし》って言うんだ。なんでも喋るから、絶対に撃たないでくれ」

「牛島が借りてるログハウスに手榴弾を投げ込んだのは、誰なんだ?」

「松尾耕大《まつおこうだい》という傭兵崩れだよ。四十か、四十一だと思う。牛島さんが捜査関係者に捕まったら、松尾さんは口を封じろと山根社長に言われてたんだろうね。彼は牛島さんと反《そ》りが合わなかったから、別に抵抗はなかったと思うよ」

「八月五日の夜、西新宿のホテルでオリガと関東テレビの井出記者を殺《や》ったのは、誰なんだ?」

「牛島さんは、松尾さんが手を汚したと言ってた。セミナーに潜り込んだフリーライターの高倉って男は牛島さんが始末して、貸別荘の裏手の山林のどこかに埋めたはずだよ。もちろん、そうさせたのは……」

安永が言い澱《よど》んだ。

「『ステップアップ』の山根社長だな?」

「なあんだ、そこまでわかってるのか」

「山根は、おまえらトレーナーや講師が煽動した受講者にブラック企業の社長を拉致させ、さんざん恐怖心を与えて、相手の全財産をほぼ奪ったんだろ？　さらに数々の企業恐喝を重ねた。そうだな？」

「そうだよ」

「山根はそうして手に入れた汚れた金を軍資金にして、裏社会の首領《ドン》たちをひとりずつ消し、自分がアンダーグラウンドの新支配者になることを願ってるんじゃないのか？」

「あんたの言った通りだよ。日本の暴力社会を仕切るようになったら、牛島さんたち三人の元傭兵と五人のトレーナーを自分のブレーンにしてくれると約束してくれてたんだが、見果てぬ夢に終わってしまったな」

「神戸連合会の垂水と住川会の寺尾総長を片づけたのは、牛島の傭兵仲間なんじゃないのか？」

「松尾さんの指示で住川会の組員と神戸連合会の若い極道になりすました二人は、ブラック企業で使い潰された二十代の男たちだよ。どっちも気弱だったんだが、講師とおれたち五人のトレーナーが復讐心や憎しみを煽《あお》ったら、冷血漢みたいになった」

「催眠術、幻覚剤、精神錯乱誘発剤、精神破壊剤、精神覺乱剤なんかを使って、おとなしい性格の受講者たちを殺人ロボットに仕立てたんだなっ」

「山根社長に、そうしてくれって頼まれたんだよ。講師もトレーナーもね。山根さんは、人殺しが好きになったセミナーOBたちに裏社会のドンたちを片づけさせる気なんだ。松尾さんたち元傭兵は殺しのテクニックを彼らに教えて、犯行を見届けてるんだよ」

「山根の後ろで糸を引いてる首謀者は誰なんだ？」

「誰か黒幕がいるようだが、おれたちにはわからない」

「山根は広尾の自宅マンションに帰ってないらしい。居所を知らないか？」

「ここにいる連中は、誰も知らないと思うよ。もちろん、このおれもね」

「そうかい」

刈谷は安永に前蹴りを見舞い、ノーリンコ59を拾い上げた。後は栃木県警に任せるべきだろう。

「こいつらをどうするっすかね？」

堀が問いかけてきた。

「取り調べは栃木県警に委《ゆだ》ねよう。おれたちは山根を追う」

「了解！」

律子と奈穂が声を合わせた。刈谷は部下たちに目配せし、トンネルの出口に向かって走りはじめた。

5

国外逃亡されてしまったのか。

悪い予感が膨れ上がる。刈谷は下高井戸の自宅マンションの居間のソファに腰かけ、テレビを観《み》ていた。

元リゾートホテルの秘密シェルターで、セミナー受講者、トレーナー、セミナー・スタッフ、白人女性らを発見したのはちょうど十日前だ。

刈谷たち四人は東京に舞い戻ると、山根行昌の行方を必死に追った。しかし、『ステップアップ』の社長の潜伏先はいまもわかっていない。ただ、高倉公敬の腐乱死体は貸別荘の裏の山林で発見された。

傭兵崩れの松尾耕大の交友関係を調べたが、潜伏先は不明だった。松尾の知人の証言で、小牧義政《こまきよしまさ》という男がセミナー受講者たちに銃器の扱い方を教えていたことは明らかになった。三十九歳の小牧は同時期に松尾とフランス陸軍外人部隊に所属したことがあるという。元体育教師らしい。

死んだ牛島、松尾、小牧の三人は山根に月三百五十万円の報酬で雇われ、セミナー受講者たちに銃器の扱いや殺人テクニックを伝授し、さらに拉致・監禁・殺人の見届け役を引き受けていたという話だった。証言者はかつて牛島と英国の傭兵派遣会社で一緒に働いたことがあって、松尾や小牧とも親しくつき合っていた。証言は信じてもいいだろう。

朝のワイドショー番組にテロップが流れはじめた。名古屋に本部を置く中京会の梅林《うめばやし》晴夫《はるお》会長が愛人宅の庭先で、短機関銃《サブマシンガン》で射殺されたという速報だった。逃げた犯人は、中国語で被害者の愛人を罵《ののし》ったらしい。

山根行昌はチャイニーズ・マフィアと手を組んで、闇社会の顔役たちを抹殺する気でいるのか。連日、アウトローたちの殺し合いが繰り広げられていた。

東西勢力の死闘を仕掛けたのは山根だろう。双方の大物たちがすでに二十四人も命を落としている。血で血を洗う抗争は当分、収まりそうもない。山根と黒幕は、どこかでほくそ笑《え》んでいることだろう。

「ざっと食器を洗っておいたから……」

シンクに立っていた諏訪茜が水道の蛇口の栓《せん》を閉めた。前夜、茜は刈谷の自宅に泊まった。

二人は、いつものように情熱的に求め合った。目覚めると、恋人は朝食の用意をしてくれていた。刈谷たちは七時半ごろに朝食を摂《と》った。茜はさりげなく後片づけをしてくれたのである。

「食器洗いまでさせちゃって、なんか悪いな。助かるよ」

「気にしないで。亮平さん、まだ少し時間がある？　写真専門誌の依頼で街頭スナップ写真を撮《と》ったのよ、歌舞伎町でね。二十カットあまりプリントしたんだけど、編集部の人たちに見せる写真をどれにすべきか迷ってるの」

「全部を見せて、先方に選んでもらえよ。おれは写真のことはよくわからないからな」

「なまじ写真にうるさい人たちは案外、的外《まとはず》れだったりするのよ。だから、ごく普通の人たちの感想を聞きたいの」

「そういうことなら、スナップ写真を見せてもらうか」

刈谷はリモート・コントローラーを使って、テレビのスイッチを切った。茜が寝室に駆け込み、ミニアルバムを取ってきた。

刈谷はミニアルバムを手に取って、頁《ページ》を捲《めく》りはじめた。

夜明け前から深夜にかけて撮影された街頭スナップ写真ばかりだ。生ごみを漁《あさ》る烏《からす》の群れを眺めているホームレスの老人の横顔は、少し綻《ほころ》んでいた。ホストの後ろ姿は、どことなく物悲しい。華やかに映った盛り場が生き地獄と悟ったせいだろうか。

ドーナッツ・ショップでスマートフォンをいじっている十代半ばの少女は、家出中なのか。投げ遣《や》りに見えるが、どこか不安そうだ。昼サロから出てくる中年男は営業マンなのだろうか。すでに人生を降りてしまったような印象を与える。

麻薬の売人と思われる西アジア系の男たちは、一様《いちよう》に野獣のように眼光が鋭い。明らかに組員に見える若い男は風俗嬢らしい娘の髪を引っ摑んで、何か喚《わめ》き散らしていた。

最後のスナップ写真を目にして、思わず刈谷は声を発しそうになった。

あろうことか、上海料理店の前で山根行昌が五十七、八歳の男と立ち話をしていた。相手は日本人ではなさそうだ。

骨相から察して、中国人だろう。上海マフィアの親玉かもしれない。

「編集者にどの写真を見せるべきかな？」

「それぞれ時代の一断面を切り取ってるんで、味があるよ。撮った全カットを見せたほうがいいな。気に入られたら、シリーズで掲載される可能性もあるじゃないか」

「世の中、そんなに甘くないと思うけどな」

「茜、このプリント、おれにくれないか。右側に写ってる日本人の男は指名手配犯かもしれないんだよ」

「えっ、そうなの」

「刑事課の者に、ちょっとこのスナップ写真を見せたいんだ」

「いいわよ。デジカメのSDカードがあるから、いくらでもプリントできるんで」

茜が言って、ミニアルバムから山根たち二人の写ったプリントを引き抜いた。刈谷は謝意を表し、受け取った写真を長袖シャツの胸ポケットに収めた。

「わたし、いったん自分のマンションに戻ってから、仕事の打ち合わせに出かけるわ」

「そうか」

「それじゃ、またね」

茜がソファから立ち上がり、自分のバッグと上着を手に取った。そのまま、彼女は部屋を出ていった。

刈谷はシャワーを浴び、手早く身仕度をした。自宅を出て、職場に向かう。

新宿署に着いたのは午前九時過ぎだった。

十階に上がり、捜査資料室に入る。奥のアジトには、三人の部下が顔を揃えていた。新津隊長の姿はなかった。刈谷は部下たちが坐っているソファセットに歩み寄り、件《くだん》のスナップ写真を堀刑事に見せた。

「山根と立ち話をしてる男に見覚えがあるか？」

「こいつは新宿を根城《ねじろ》にしてる上海グループの親玉っすよ。胡魏明《フーウエイミン》という名で、現在は五十八歳だったと思うっす。胡《フー》は歌舞伎町のヤー公たちとバランスよくつき合ってるすけど、腹黒い奴なんすよね。金のためなら、対立してる福建マフィアの老板《ラオバン》（親分）の片腕を笑いながら、青竜刀で叩っ斬ったんすよ。裏切った手下の耳、舌、ペニスをニッパーで切断するような男っす」

「冷酷な野郎なんだな」

「胡《フー》は日本の暴力団に協力してるっすけど、どの組の組長にも心は許してない感じなんすよ。そうか、胡《フー》は山根と共謀して闇社会の首領《ドン》たちを消す気になったんすね。きっとそうにちがいないっすよ」

「中京会の梅林会長を愛人宅で射殺した犯人《ホシ》は中国語を口走ったというから、堀の読みは正しいんだろう。山根は、殺人マシンに仕立てたセミナー受講者ＯＢと胡《フー》の手下に広域暴力団の大物たちを抹殺させて、新支配者の座に就く気なんだろう。そして、利用価値のなくなった上海マフィアどもを消す気なんだと思うよ」

「そうしそうっすね」

堀が写真を隣の律子に渡した。律子はスナップ写真を短く眺めると、向かいに坐った奈穂に回した。

「胡魏明《フーウエイミン》の家《ヤサ》は知ってるか？」

　刈谷は堀に訊いた。

「何年も前から、胡《フー》は新宿周辺のホテルを数カ月単位で塒にしてるんすよ。古巣の組対課に行けば、いま泊まってるホテルはわかるはずっす。おれ、ちょっと行ってくるっすね」

「いや、それはまずい。おまえが元の刑事部屋に顔を出したら、組対課の連中にチームのことを知られてしまうかもしれないじゃないか」

「そうか、そうっすね」

「堀、組対にいたころに使ってた情報屋がいるでしょ？」

　律子が問いかけた。

「あっ、いるっすよ」

「その情報屋に電話して！」

「はい、了解っす」

　堀が刑事用携帯電話《ポリスモード》を取り出し、数字キーを押した。すぐに電話は繋がった。

　通話時間は短かった。

「わかったすよ。胡《フー》は東都プラザホテルの二〇〇六号室に先々月から泊まってるそうっす」

「すぐに行ってみよう」

「西浦さんは入江と一緒にここで、逃亡中の山根、松尾、小牧に関する情報を集めてもらえますか」

「ええ」

「オーケー、わかったわ」

「堀、行くぞ」

刈谷は部下に言って、先に秘密の刑事部屋を出た。

二人はエレベーターで地下二階に下《くだ》り、スカイラインに乗り込んだ。堀の運転で、近くにある東都プラザホテルに向かう。ほんのひとっ走りで、目的地に着いた。

刈谷たち二人はフロントに直行した。

フロントマンの話では、胡《フー》は知人と相模湾《さがみ》でトローリングを愉《たの》しむと夜明け前にマイカーで油壺《あぶらつぼ》マリーナに向かったらしい。刈谷・堀コンビはホテルを出て、三浦《みうら》半島をめざした。

目的のマリーナに到着したのは、およそ一時間半後だった。

二人はマリーナ管理会社を訪ねた。胡《フー》を乗せたフィッシング・クルーザーはバネッサ号で、『ステップアップ』の所有艇だった。山根は指名手配されているにもかかわらず、大胆にも沖合で胡《フー》とトローリングをしているのだろうか。神経の図太さに呆れる。

刈谷たちは油壺マリーナと隣り合っている小網代湾《こあじろわん》に回り、光三郎丸《こうさぶろう》という遊漁船をチャーターした。三十人乗りの新造船だった。

刈谷は刑事であることを四十代後半の船長に明かして、仲間から無線で情報を集めてもらった。その結果、バネッサ号が城ケ島《じょうがしま》の沖合十三キロの海上を低速で航行していることが判明した。

「全速力でバネッサ号に接近してください」

刈谷は、機関室の船長に頼んだ。潮灼《しおや》けした船長は赤銅色《しゃくどういろ》の顔を引き締め、光三郎丸を走らせはじめた。湾を出ると、とたんに波のうねりが高くなった。

「自分、船酔いしやすいんすよ」

堀が不安顔で言って、縁板《ブルワーク》に両手で摑まった。早くも顔色が悪い。

「遠くを見てろ。波を眺めるな」

「そう言われても、視界に波が入ってくるっすよ」

「気持ち悪くなったら、我慢しないで吐いちまえ。それで横になってれば、次第に楽になるだろう」

「主任は船酔いしないいんっすか？」

「ああ、おれはな」

刈谷は言って、視線を伸ばした。海は穏《おだ》やかなほうだったが、それでも進むにつれて光三郎丸は波に揉まれるようになった。

やがて、遊漁船は縦揺れ《ピッチング》と横揺れ《ローリング》に翻弄《ほんろう》されるようになった。それでも、全速力《フルアヘッド》で沖に向かって進みつづけた。

堀が喉を軋《きし》ませながら、左舷から吐きはじめた。刈谷は部下の背中を無言で摩《さす》りつづけた。堀は吐き終え、甲板に横たわった。

四十分ほど経《た》つと、はるか前方に白とマリンブルーに塗り分けられたフィッシング・クルーザーが見えてきた。

刈谷は双眼鏡を目に当てた。

レンズの倍率を上げる。まず艇名《ていめい》を確かめる。バネッサ号だった。船尾のアングラーズ・チェアに腰かけているのは、山根と胡《フー》の二人だ。

流し釣りをしているが、ロッドはほぼ垂直に立てられている。まだヒットしていないことは明らかだ。山根たちは憮然《ぶぜん》とした表情だ。鮪《まぐろ》か鰤《ぶり》を狙っているようだが、シイラも掛からないのだろう。

刈谷は顔を傾けた。

舵輪《だりん》を操っているのは、四十歳前後の色の浅黒い男だ。動作はきびきびとしている。元傭兵の小牧義政かもしれない。

バネッサ号を追う形で、高速モーターボートが滑走している。ランナバウトだ。馬力がある。

刈谷は双眼鏡を右に振った。

高速モーターボートを操縦しているのは、松尾耕大だった。山根は、傭兵崩れにバネッサ号を護衛させているのだろう。

そう思ったとき、急にランナバウトが速度を落とした。バネッサ号との距離が開きはじめた。

数分後、バネッサ号が爆《は》ぜた。黒煙と炎に包まれたフィッシング・クルーザーの船体は二つに裂《さ》け、ゆっくりと海中に没した。どうやら一連の事件の首謀者が巧みに山根と胡《フー》を海上に誘い出し、二人を始末させたようだ。

高速モーターボートが進路を変え、陸《おか》に向かった。フルスピードだった。

バネッサ号には、時限爆破装置が仕掛けられていたのだろう。爆発物を仕掛けたのは松尾と思われる。一連の事件の首謀者は従犯の山根と胡《フー》を亡《な》き者にすることによって、捜査圏外に逃れたいと考えたようだ。

山根と胡《フー》は救命胴着《ライフジャケット》を着込んでいたが、爆死したのだろう。小牧と思われる男も海面には浮かんでいない。もう生きてはいないのだろう。

「主任、何がどうなってるんす⁉」

「説明は後だ。堀、身を伏せてろ」

「はい！」

「船長、ランナバウトを追ってください」

刈谷は機関室に叫んで、シグ・ザウエルＰ230ＪＰの銃把に手を掛けた。

光三郎丸が猛然と高速モーターボートを追いはじめた。松尾は遊漁船に追われていることに気づくと、舳先《へさき》を沖に向けた。

光三郎丸が慌《あわ》てて進路を変えると、ランナバウトはまた陸地をめざす。同じことが四度、繰り返された。光三郎丸は数トンだが、モーターボートのように小回りは利かない。

やがて、刈谷と船長はランナバウトを見失ってしまった。実に忌々《いまいま》しい。

「くそーっ」

刈谷は悔《くや》しがった。すると、船長が落ち着いた声で告げた。

「ランナバウトの船番を頭に叩き込んだから、すぐに所有者はわかりますよ。逃げた男は、高速モーターボートの持ち主に雇われた奴でしょ？　そいつがフィッシング・クルーザーの船内に時限爆破装置を仕掛けたんでしょうね」

「それは間違いないと思うな」

「刑事さん、ちょっと待ってくださいよ。いま、無線で問い合わせますんで」

「よろしく！」

刈谷は頭を下げた。少し待つと、船長が機関室から顔を突き出した。

「見失ったランナバウトの所有者は、久米譲《くめゆずる》という名になってるそうです。その名に心当たりは？」

「あります」

刈谷は返事をして、部下と顔を見合わせた。

堀はびっくりし、口をあんぐりと開けたままだった。久米譲は警察庁の刑事局長で、五十一歳の準キャリアだ。

国家公務員総合職試験（旧一種）合格者の有資格者《キャリア》に次ぐエリートのひとりだ。刈谷は久米と言葉を交わしたことはないが、その顔は知っていた。理知的な容貌で、温厚そうだった。

そんな久米が元詐欺師や上海マフィアのボスを抱き込んで、大それた悪事に走ったのか。何か事情がありそうだ。

刈谷は光三郎丸のベンチに腰かけ、乱れた前髪を掻《か》き上げた。遊漁船は小網代湾に向かって全速力で走っていた。

同じ日の午後九時過ぎである。

刈谷たち四人は、港区内にある国家公務員住宅の前でスカイラインとプリウスを停めた。小網代湾から戻った刈谷・堀班は二人の女性刑事、新津隊長、日垣警部と協力し合って、久米譲の犯行動機を調べ上げた。

久米の五つ違いの妹は夫の事業の失敗によって、自己破産寸前まで追い込まれた。妹夫婦の窮地を知った準キャリアは、管理を任されていた警察庁の裏金のうち四億七千万円をくすねた。被害届を出せない金だが、久米の裏切り行為が発覚したら、その段階で前途は閉ざされる。

真っ当に生きる道を断《た》たれた刑事局長は裏社会を支配することで、ある種の征服欲を満たしたくなったのだろう。同郷の山根行昌を巧みに唆《そそのか》して、胡《フー》たち上海グループ、三人の元傭兵らを集めさせたにちがいない。

しかし、誤算があった。フリーライターの高倉公敬が自己啓発セミナーの合宿所に潜り込んでいた。高倉の失踪を知った関東テレビの井出記者が合宿所を訪ねてきた。さらにロシア人ホステスのオリガが多額の口止め料を要求してきたことで、一層、不安が募《つの》った。

久米は自己保身のため、従犯の山根に指示してセミナー受講者ＯＢたちに井出とオリガを葬らせたのだろう。さらに牛島の口から陰謀が洩れることを恐れ、傭兵仲間だった松尾に爆殺させたにちがいない。

それでも、準キャリアは安心できなかった。それで、松尾に山根、胡《フー》、小牧の三人も始末させたのだろう。

国家公務員住宅は戸建てではない。高層マンションと同じ造りだった。

刈谷たちはエントランスロビーに入り、十二階に上がった。

エレベーターを降りると、ホールに松尾が立っていた。消音器を装着させたシュタイヤーＳ40を握っている。オーストリア製の高性能拳銃だ。

「みんな、屈《かが》め！」

刈谷は叫んでスライディングした。両足が松尾の右の向こう臑《ずね》を直撃した。松尾がよろめき、後方に倒れた。

すかさず刈谷は、松尾を組み伏せた。走り寄ってきた堀が松尾のこめかみを蹴り、シュタイヤーＳ40を手早く押収した。律子と奈穂が二人がかりで、松尾に前手錠を打つ。

刈谷は松尾の上体を引き起こし、一連の事件の絵図を画《か》いたのが久米であることを白状させた。推測は正しかった。

一二〇三号室のドアが開けられた。

姿を見せたのは久米だった。　警察庁の刑事局長は意味不明の言葉を発し、歩廊に頽《くずお》れた。顔面蒼白《そうはく》だった。

「堀、おまえが手錠《ワッパ》を打て」

「でも、真犯人《ホンボシ》を割り出したのは主任なんすから……」

「準キャリアに自殺される前に、とにかく身柄《ガラ》を確保するんだ。急げ！」

「はい」

堀が手錠を取り出し、久米に駆け寄った。

刈谷は口許を緩《ゆる》め、部下の動きを見守った。久米は放心した表情で、通路の一点を凝視している。主犯は同じ警察官だった。

刈谷は立ち止まって、長嘆息《ちょうたんそく》した。

なんとも後味が悪い。刈谷は溜息《ためいき》をついて、両手を腰に当てた。今夜の祝杯は苦いだろう。

著者注・この作品はフィクションであり、登場する人物および団体名は、実在するものといっさい関係ありません。

注・本作品は、平成二十五年九月、徳間書店より刊行された『新宿署密命捜査班　謀殺回廊』を、著者が大幅に加筆・修正し、改題したものです。

一〇〇字書評

冷酷犯

切・り・取・り・線

購買動機（新聞、雑誌名を記入するか、あるいは○をつけてください）	
□（　　　　　）の広告を見て	
□（　　　　　）の書評を見て	
□ 知人のすすめで	□ タイトルに惹かれて
□ カバーが良かったから	□ 内容が面白そうだから
□ 好きな作家だから	□ 好きな分野の本だから

・最近、最も感銘を受けた作品名をお書き下さい

・あなたのお好きな作家名をお書き下さい

・その他、ご要望がありましたらお書き下さい

住所	〒				
氏名		職業		年齢	
Eメール	※携帯には配信できません	新刊情報等のメール配信を 希望する・しない			

この本の感想を、編集部までお寄せいただけたらありがたく存じます。今後の企画の参考にさせていただきます。Eメールでも結構です。

いただいた「一〇〇字書評」は、新聞・雑誌等に紹介させていただくことがあります。その場合はお礼として特製図書カードを差し上げます。

前ページの原稿用紙に書評をお書きの上、切り取り、左記までお送り下さい。宛先の住所は不要です。

なお、ご記入いただいたお名前、ご住所等は、書評紹介の事前了解、謝礼のお届けのためだけに利用し、そのほかの目的のために利用することはありません。

〒一〇一-八七〇一
祥伝社文庫編集長　坂口芳和
電話　〇三（三二六五）二〇八〇

祥伝社ホームページの「ブックレビュー」からも、書き込めます。

http://www.shodensha.co.jp/bookreview/

祥伝社文庫

冷酷犯《れいこくはん》　新宿署特別強行犯係《しんじゅくしょとくべつきょうこうはんがかり》

平成30年10月20日　初版第1刷発行

著　者　南《みなみ》　英男《ひでお》
発行者　辻　浩明
発行所　祥伝社《しょうでんしゃ》
東京都千代田区神田神保町3-3
〒101-8701
電話　03（3265）2081（販売部）
電話　03（3265）2080（編集部）
電話　03（3265）3622（業務部）
http://www.shodensha.co.jp/

印刷所　堀内印刷
製本所　ナショナル製本
カバーフォーマットデザイン　芥　陽子

 ISBN978-4-396-34460-3 C0193

祥伝社文庫の好評既刊

南　英男
三年目の被疑者
元検察事務官刺殺事件。殉職した夫の敵を狙う女刑事の前に現われたのは、予想外の男だった……。

南　英男
異常手口
シングルマザー刑事・保科《ほしな》志保《しほ》と殉職した夫の同僚・有働《うどう》警部補が、化粧を施された猟奇殺人の謎に挑む！

南　英男
嵌《は》められた警部補
麻酔注射を打たれた有働警部補。目を覚ますとそこには女の死体が……。誰が何の目的で罠に嵌めたのか？

南　英男
立件不能
少年係の元刑事が殺された。少年院帰りの若者たちに、いまだに慕われていたような男だったのになぜ？　誰に？

南　英男
警視庁特命遊撃班
平凡な中年男が殺された。しかし被害者の貸金庫から極秘ファイルと数千万円の現金が発見され事件は急展開！

南　英男
はぐれ捜査
警視庁特命遊撃班

謎だらけの偽装心中事件。殺された男と女の「接点」は？　風見《かざみ》竜次《りゅうじ》警部補らは違法すれすれの捜査を開始！

祥伝社文庫の好評既刊

南英男
暴れ捜査官 警視庁特命遊撃班
善人にこそ、本当の〝ワル〟がいる！　ジャーナリストの殺人事件を追ううちに現代社会の〝闇〟が顔を覗かせ……。

南英男
偽証（ガセネタ） 警視庁特命遊撃班
元刑事の日暮《ひぐれ》が射殺された。刑事を辞めざるを得なかった日暮の無念さを知った風見は捜査に邁進するが……。

南英男
裏支配 警視庁特命遊撃班
連続する現金輸送車襲撃事件。大胆で残忍な犯行に、外国人の影が!?　背後の黒幕に、遊撃班が食らいつく。

南英男
犯行現場 警視庁特命遊撃班
テレビの人気コメンテーター殺害と、改革派の元キャリア官僚失踪との接点は？　はみ出し刑事の執念の捜査行！

南英男
悪女の貌《かお》 警視庁特命遊撃班
容疑者の捜査で、闇経済の組織を洗いはじめた風見たち特命遊撃班の面々。だが、その矢先に……!!

南英男
危険な絆《きずな》 警視庁特命遊撃班
劇団復興を夢見る映画スターが殺された。その理想の裏には何があったのか。遊撃班・風見たちが暴き出す！

祥伝社文庫の好評既刊

南 英男　**雇われ刑事**

撲殺された同期の刑事。犯人確保のため、脅す、殴る、刺すは当然――警視庁捜査一課の元刑事・津上《つがみ》の執念！

南 英男　**密告者**　雇われ刑事

刑事部長から津上に下った極秘指令。警察の目をかいくぐりながら、〈禁じ手なし〉のエグい捜査が始まった。

南 英男　**暴発**　警視庁迷宮捜査班

違法捜査を厭《いと》わない尾津《おづ》と、見た目も態度もヤクザの元暴《マルボウ》白戸《しらと》。この二人の「やばい」刑事が相棒になった！

南 英男　**組長殺し**　警視庁迷宮捜査班

ヤクザ、高級官僚をものともしない尾津と白戸に迷宮事件の再捜査の指令が。容疑者は警察内部にまで……!!

南 英男　**内偵**　警視庁迷宮捜査班

美人検事殺人事件の真相を追う尾津&白戸。検事が探っていた〝現代の裏ビジネス〟とは？ 禍々《まがまが》しき影が迫る！

南 英男　**毒殺**　警視庁迷宮捜査班

強引な捜査と逮捕のせいで、新たな殺しに？ 猛毒で殺された男の背後に、怪しい警察関係者の影が……。

祥伝社文庫の好評既刊

南 英男
特捜指令

警務局局長が殺された。摘発されたことへの復讐か？ 暴走する巨悪に、腐れ縁のキャリアコンビが立ち向かう！

南 英男
特捜指令 動機不明

悪人に容赦は無用。荒巻《あらまき》と鷲津《わしづ》、キャリア刑事のコンビが、未解決の有名人一家殺人事件の真相に迫る！

南 英男
特捜指令 射殺回路

対照的な二人のキャリア刑事が受けた特命、人権派弁護士射殺事件の背後には……。超法規捜査、始動！

南 英男
手錠

弟をやくざに殺された須賀《すが》警部は、志願して(暴)《マルボウ》へ。鮮やかな手口、容赦なき口封じ。恐るべき犯行に挑む！

南 英男
怨恨 遊軍刑事《デカ》・三上謙《みかみけん》

渋谷署生活安全課の三上謙は、署長の神谷《かみや》からの特命捜査を密かに行なう、タフな隠れ遊軍刑事だった――。

南 英男
死角捜査 遊軍刑事・三上謙

狙われた公安調査庁。調査官の撲殺事件の背後には、邪悪教団の利権に蠢く者が⁉ 単独で挑む三上の運命は⁉